Hanna Hartmann

DARLING

Frankfurt bei Nacht

SOCIETÄTSVERLAG

Schutzumschlaggestaltung: Katja Holst, Frankfurt
Satz: Nicole Proba, Societäts-Verlag
Druck und Verarbeitung: CPI – Ebner & Spiegel, Ulm
Printed in Germany 2009

ISBN 978-3-7973-1143-6

DANK

Für ihre Unterstützung bei der Realisierung dieses Buches bin ich Andrea Richter, Reni Rau, Saskia Wiese und Kerstin Kuschik zu großem Dank verpflichtet.

Mein Dank gilt darüber hinaus Dr. Jürgen Kron vom Societäts-Verlag und seinen Mitarbeitern sowie meinem Lektor Christoph Nettersheim für seine Geduld mit meinem Erstling.

Ich danke meiner Familie und meinen Freunden, die die Entstehung dieses Buches mit vielen interessanten Kommentaren und Anregungen begleitet haben.

Der Anstoß für „Darling“ war ein Gespräch mit einem Unbekannten an einem der seltsamsten Orte, die Frankfurt zu bieten hat.

Gewidmet ist dieses Buch Andreas.

1

Adrian hasste Tage wie diesen. Der Himmel über Frankfurt war den ganzen Tag nur grau in grau gewesen. Regentropfen perlten unablässig über die Windschutzscheibe. Monoton mühte sich der Scheibenwischer, gegen die Wasserfluten anzukommen. In den trüben Pfützen am Taxihalteplatz vor dem Hauptbahnhof spiegelte sich die blaue Neonbeleuchtung der Iran Air. Die großen Zeiger der Bahnhofsuhr unter dem Atlas schoben sich langsam Richtung neun. Es war das traurige Ende eines trüben, kalten Novembertages. Und weder die Messe noch ein Fußballspiel in der Commerzbank-Arena verhießen nennenswert Fahrgäste an diesem Abend. Die Nacht würde sich wie Kaugummi in die Endlosigkeit ziehen. Vielleicht sollte er, wie er es Annika versprochen hatte, jetzt schon nach Hause fahren, damit sie noch etwas vom gemeinsamen Abend hätten. Aber es zog ihn nicht wirklich in die gemeinsame Wohnung.

Adrian kurbelte das Seitenfenster herunter und zündete sich eine Zigarette an. Was soll's. Zwei Jahre lang hatte er den Luxus eines Rauchertaxis genossen. Doch das neue Nichtraucherschutzgesetz war erbarmungslos. Taxifahrer sind Parias, dachte er. Und rauchende Taxifahrer sind die Parias der Parias.

Ein dumpfer Schlag auf den Kofferraum des Mercedes riss ihn abrupt aus seinen trüben Gedanken.

„Steig aus, wenn du rauchst", fauchte Karl. Und freute sich diebisch, weil er den jungen Kollegen ohne Vorwarnung hochgeschreckt hatte.

„Hau ab", fluchte Adrian. „Elender Blockwart! Hast du nichts Besseres zu tun, als mich zu kontrollieren?"

Karl lachte kurz und trocken auf. Dann schob er sich eine dünne Haarsträhne aus der Stirn seines aschfahlen Gesichts und stimmte einen versöhnlicheren Ton an.

„Du weißt doch, wie Sissi reagiert, wenn du im Taxi rauchst. Die merkt das sofort, da kannst du das Fenster noch so weit runterkurbeln!"

Schmollend schob Adrian die Unterlippe vor. Trotz der Konkurrenz unter den Fahrern mochte er den 55-Jährigen, der beim Taxifunk zu den alten Hasen zählte. Schon öfters hatte er mit Karl einen Kaffee in der Zentrale getrunken und über dieses und jenes philosophiert.

Eine Böe wehte nasskalten Regen in Adrians Gesicht. Einige Tropfen perlten über seine dunklen, gegelten Haare in den Nacken. Er fröstelte. Ein tiefer Zug noch, dann schnippte er die Marlboro weg und kurbelte das Fenster hoch. Auf dem Handy blinkte eine SMS. Annika. Missmutig verzog er den Mund und drehte den Zündschlüssel um. Der Mercedes bewegte sich zwei, drei Wagenlängen in der Fahrzeugschlange nach vorne. Noch sechzehn Taxen vor ihm. Nicht sonderlich motiviert stellte Adrian den Motor wieder ab.

Als er das Radio einschaltete, klopfte Karl an die Seitenscheibe.

„Eh, mach mal auf."

Bevor Adrian antworten konnte, hatte Karl sich schon auf den Beifahrersitz geschoben.

„Kannst du mir nachher um zehn eine Fahrt abnehmen?", fragte er vorsichtig.

Adrian zuckte mit den Achseln. Was für eine alberne Frage.

„Sie fährt nicht mit jedem." Karl senkte seine Stimme. „Stammgast. Verstehst du?"

Adrian schaute Karl verwundert an.

„Was ist los? Ist was nicht in Ordnung?“

Karl verzog das Gesicht. „Ich habe mir gestern Nacht wohl was geholt und mich heute Morgen schon zweimal übergeben. Mir ist furchtbar flau. Irgendwie Schicht im Schacht.“

Adrian schaute auf den Anhänger am Mercedes-Schlüssel. Das Foto von Annika baumelte am Schlüsselbund, ein Schnappschuss vom letzten Wäldchestag im Mai. Jetzt war November, und die Momentaufnahme erschien Lichtjahre von seinem jetzigen Leben entfernt.

„Sie fährt nur mit dir, wenn sie dir vertraut“, murmelte Karl.

„Eh, Alter, was soll das? Vertrauen? Ich bin Taxifahrer, da hat man Vertrauen, oder?“, fuhr Adrian den leichenblassen Kollegen schroff an.

Mühsam hob der seinen Kopf und biss sich auf die Lippen.

„Behandel sie einfach gut, wenn du sie fährst, okay?“

Adrian sah Karl skeptisch an. Der war heute wirklich ein merkwürdiger Kauz, wie er plötzlich am Lautsprecher drehte und für eine Weile andächtig der monotonen Stimme von Sissi aus der Zentrale lauschte.

„Du musst sie pünktlich um zehn Uhr abholen. Und wundere dich nicht über den Ort, wo sie hingefahren werden soll. Du wirst sie morgen früh da wieder abholen. Und stell keine Fragen. Sie zahlt gut.“

Karl drückte sich mit schmerzverzerrtem Gesicht die rechte Faust in den rebellierenden Magen.

„Du gehörst ins Bett.“ Adrian sah Karl mit einem Blick, der keinen Widerspruch duldete, an. „Gib mir die Adresse, ich erledige das. Du kannst dich auf mich verlassen.“ Und nach einer kurzen Pause fügte er versöhnlich hinzu: „Versprochen, Karl. Madame wird zufrieden sein.“

Karl nickte erleichtert. Dann drückte er auf die Tasten, um die Verbindung zur Zentrale herzustellen.

„Sissi, ich bin krank. Magenverstimmung. Ich fahr nach Hause und melde mich morgen wieder."

In der Leitung knackte es.

„Adrian, verdammt noch mal! Du bist in letzter Zeit ausgesprochen oft unpässlich!", keifte es aus dem Äther.

„Mach mal langsam, Sissi!", empörte sich Adrian. „Ich bin es nicht. Karl sitzt hier bei mir im Wagen. Er hat einen Magen-Darm-Virus und ist krank."

Sissis vorwurfsvolle Stimme brachte Adrian auf die Palme. Anscheinend gab es einen Punkt, an dem alle Frauen gleich hysterisch reagierten. Adrian hasste diese Situationen. Denn Annika verhielt sich mittlerweile immer öfters wie Sissi, wenn sie schlechte Laune hatte. Er schaute auf sein Handy. Dort lauerte immer noch die SMS, die er partout nicht lesen wollte.

Karl drückte ihm einen krakelig beschriebenen Zettel in die Hand und schaute ihn erwartungsvoll an.

„Du tust, was sie will", flehte er mit großen Augen.

Adrian nickte. Der Typ war heute echt eine Nervensäge.

„Ach übrigens, dein rechtes Rücklicht ist defekt", bemerkte der Alte und öffnete die Beifahrertür.

Adrian fluchte. „Oh Mann, das hab ich völlig vergessen. Die Polizei hat mich gestern schon mal angehalten. Ich hab's heute total verpeilt, zum Check in die Werkstatt zu fahren. So ein Mist!"

„Wenn du willst, können wir die Wagen bis morgen früh tauschen", schlug Karl vor. „Du musst nur Sissi Bescheid sagen, dass du auf die 353 umgestiegen bist."

Adrian nickte. Er schnappte sich seine Lederjacke, Papiere, Handy und die unvermeidliche Zigarettenschachtel, während Karl um das Auto herum zur Fahrerseite ging.

„Du tust, was sie will", klang es in Adrians Ohren, als er in Karls Wagen stieg und den Zündschlüssel drehte. Ihn fröstelte, und eine Gänsehaut breitete sich auf seinem Rücken aus. Unwillig schüttelte er sich und meldete sich über Funk in der Zentrale.

„Sissi, ich hab' einen Auftragskunden um zehn in Griesheim. Melde mich zurück, wenn die Fahrt erledigt ist."

„Okay!", schallte es hörbar gelangweilt zurück.

Adrian kannte die Straße, die Karl ihm aufgeschrieben hatte. Dafür brauchte er kein Navigationssystem so wie viele der Aushilfen, die beim Taxifunk Schicht schoben. Er setzte den Blinker und fädelte sich dann rechts Richtung Baseler Platz in den träge dahinfließenden Verkehr ein. Noch fast dreißig Minuten, bis er in Griesheim sein musste. Da blieb noch genügend Zeit für eine Cola und eine Zigarette.

2

Langsam schob Adrian die House-CD in den Player. Ein Geschenk von seinem früheren Studienkollegen Enzo. Der saß seit knapp einem Jahr „direkt an der Quelle", wie er sich grinsend brüstete, seit er den Nachtwächter-Job im Rechenzentrum von „connection" angetreten hatte. Hunderte von Servern surrten unter dem monotonen Brausen überdimensionierter Klimaanlagen im Hightechzentrum an der Hanauer Landstraße.

„Voll der easy Job", hatte Enzo zufrieden festgestellt, nachdem er Absage um Absage auf zig Bewerbungen für einigermaßen vernünftig bezahlte Vollzeitstellen kassiert hatte. Geografiestudenten gebe es wie Sand am Meer. Und Geografiestudenten mit lausigen Abschlüssen seien so zahlreich wie Wassertropfen im Pazifischen Ozean, hatte ihn die Personalchefin der Zeitarbeitsfirma, die ihn letztendlich vermittelte, sichtlich gelangweilt aufgeklärt.

Adrian empfand Enzos Arbeitsplatz als superstupide. Nacht für Nacht Tausende von Servern über endlose Reihen von Monitoren zu überwachen, um unendliche Datenströme zu kontrollieren und zu protokollieren. Datenpaket um Datenpaket schnurrte auf dem virtuellen Highway des World Wide Web wie ein langer monotoner Fluss an Enzos Bildschirmen vorüber. Und immer, wenn der virtuelle Strom ins Stocken geriet, klingelte das Telefon im Support Sturm.

„Ich arbeite am DeCIX, Deutschlands größtem Verkehrsknotenpunkt im Internet“, hatte sich Enzo vor kurzem stolz vor ihm aufgeplustert.

„Und ich am Frankfurter Hauptbahnhof, Deutschlands größtem realen Verkehrsknotenpunkt“, hatte Adrian mit wegwerfender Handbewegung gekontert.

In den vergangenen Monaten hatte er dann allerdings schon zu schätzen gelernt, dass Enzo an einer schier unerschöpflichen Quelle für Spiele, MP3s und Videofilme saß. „Vom Laster gefallen“, hatte er ihm grinsend zugezwinkert, als er ihm am Vortag die heißersehnte CD mit den allerneusten House-Stücken durchs Seitenfenster auf den Schoß geworfen hatte. Sein Dankeschön. Weil Adrian ihn vergangene Woche nach seiner Nachtschicht, als er knapp bei Kasse war, zum Freundschaftspreis zum Cocoon gefahren hatte.

Enzo stand auf Taxifahren. Das mache bei Türstehern und Mädels heftig Eindruck, behauptete er aus tiefer Überzeugung. Adrian bezweifelte den Wahrheitsgehalt dieser These, aber er war im Gegensatz zu Enzo ohnehin nicht der Typ, der Eindruck bei Türstehern schinden wollte. Zudem war es ihm schnurzegal, was Enzo an Theorien und Hypothesen in die Welt hinausposaunte. Der Typ las seiner Meinung nach zu viel BILD und surfte zu oft im Internet.

Als die ersten Klänge von SkyFM New York den Wagen erfüllten, entspannte sich Adrian im schwarzen Ledersitz des Mercedes. Das Armaturenbrett von Karls Wagen war picobello gewienert. Keine Fingerabdrücke, keine Flecken, keine Krümel auf dem Boden. Im Kofferraum lagen, wie Adrian wusste, der Handstaubsauger und eine Packung Feuchttücher, damit der Wagen immer tipptopp gepflegt aussah. Das Taxi war Karls ganzer Stolz.

Als Adrian auf die Emser Brücke einbog, hörte der Regen langsam auf. Von hier oben war der nächtliche Blick Richtung Hauptbahnhof und Skyline beeindruckend. Frankfurt hatte sich in den vergangenen zwanzig Jahren, seit Adrian mit seinen Eltern nach Sachsenhausen in die Kisselsiedlung gezogen war, rasant verändert.

Allerdings gelang es Adrian immer weniger, die zunehmende Armut, die sich zwischen den Glitzerfassaden der Häuserschluchten ihren Weg bahnte, aus seiner Wahrnehmung zu verbannen. Die traurigen Gestalten am Hauptbahnhof im Kaisersack ließen sich kaum noch aus seinem Blickfeld eliminieren. Früher war das Elend im Kaisersack ein dichter Pulk von Junkies gewesen, die beständig zwischen Bahnhof und Taunusanlage hin und her gewuselt waren. Heute sah man auf der Straße nur noch die Übriggebliebenen, die Ausgemergelten, die psychisch Kranken. Menschen, die in den vergangenen zwanzig Jahren den Trip aus Heroin und Methadon mehr schlecht als recht überlebt hatten. Wahrscheinlich wirkten diese Kreaturen nur deshalb so nachhaltig auf ihn, weil sie so krass mit den blanken und glatten Spiegelfassaden des Frankfurter Bankenviertels kontrastierten.

Castor und Pollux vor dem Messeturm zum Beispiel. Kühle, abweisende Torwächter des Geldes, die klar und deutlich signalisierten: „Du kommst hier nicht rein." Wie die Türsteher vom „Living XXL", die ihn früher wegen seines südländischen Aussehens immer wie einen dummen Schuljungen hatten abtropfen lassen.

„Ich bin Deutscher!", hatte er sie einmal aus Wut angeschrien. Doch der Ausbruch verpuffte völlig wirkungslos. Adrian war Luft für die Türsteher gewesen. Ihm war bewusst geworden, dass er – wie so oft – draußen bleiben würde. Geschlossene Gesellschaft. So muss sich Apartheid in Südafrika angefühlt haben, dachte er beim Blick auf die Türsteher der Frankfurter Clubszene.

An der Galluswarte zeigte die Ampel rot. Die Straßenbahn Richtung Mönchhofstraße rauschte zügig über die Kreuzung. „Kulturexpress", hatte seine Schwester die Linie 11 getauft. Weil die sechzehn Kilometer Schienen von Fechenheim bis Höchst Frankfurt wie ein stählernes Band von Arm nach Reich und wieder zurück miteinander verbanden.

Erneut schweiften seine Gedanken zu den Junkies vom Hauptbahnhof ab. War das ein Aufstand gewesen, als man die Süchtigen nach der Eröffnung des ersten Druckraums in der Schielestraße dazu genötigt hatte, sich ihren Schuss nicht mehr direkt vor dem Bahnhof in ihre zerstochenen Venen zu setzen, sondern mit der Straßenbahn 25 Minuten quer durch Frankfurt bis zur Haltestelle „Riederhöfe" zu fahren, um dort unter klinisch sterilen Bedingungen endlich das Rauschgift in den Körper zu drücken.

Wer in dieser merkwürdigen Stadtverwaltung war damals eigentlich auf die glorreiche Idee gekommen, dass ein Junkie mit dem heißersehnten Stoff in der Hand so diszipliniert wäre, sich erst wie jeder andere ordentliche Fahrgast einen Fahrschein zu lösen, um dann dreizehn Stationen in einer proppenvollen Straßenbahn zu fahren, zusammen mit schniefenden Babys in schmuddeligen Buggys, müden Schichtarbeitern von Neckermann und Casella, übermütigen Schülern, die sich leere Trinkpackungen um die Ohren warfen, und abgekämpften Frauen mit Kopftüchern und überquellenden Einkaufstüten? Das war Absurdistan. Aber das war irgendwie auch Frankfurt.

Jetzt fuhr die Linie 11 mit einer Horde aufgebrezelter Teenager, die zu Hause schon mal vorgeglüht hatten, Richtung „Halli-Galli". Adrian ekelte sich vor den billigen Flatrate-Partys in einigen Frankfurter Discos, die auch seine Schwester anzogen wie Motten das Licht.

Respekt hatte er dagegen vor den Frankfurter Straßenbahnfahrern. Denn die blieben, trotz all dieser marodierenden Horden, meist stoisch und gelassen. Straßenbahnfahrer hatten eben irgendwie ein Ziel. Und wenn es nur die nächste Haltestelle war, die sie beharrlich im Frankfurter Verkehrsdschungel ansteuerten.

Was er in seinem Leben für ein Ziel hatte, konnte Adrian nicht sagen. Er war nie wirklich in die bürgerliche Spur von Aufstieg und Anpassung gekommen, die seine Eltern ihm lange Zeit zufrieden vorgelebt hatten. Mittlerweile hatte dieses Ziel fast alle seine früheren Mitschüler und Kommilitonen erfasst. Seit es Annika in seinem Leben gab, fühlte Adrian sich von dieser Zukunftsperspektive wie eingefangen.

Die Ampel sprang auf Grün, und Adrian bog in die Mainzer Landstraße ein. Schwarz und nass schimmerte der Asphalt in der hellen Straßenbeleuchtung. Was hatte Karl gesagt? Wo verdammt noch mal war der Zettel mit dem Namen der Tante? Flüchtig überflog er die Adresse. Noch zwanzig Minuten bis zur Elektronstraße. Das reichte allemal für einen Stopp bei Burger King.

Vor der Esso-Tankstelle an der Rebstöcker Straße hielt er den Wagen an. Sein Blick fiel aufs Handy. Das Display signalisierte ihm eine zweite ungelesene SMS. Adrian atmete tief durch. In dem Moment fiel ihm siedendheiß ein, dass er seinen Haustürschlüssel beim Taxitausch im Handschuhfach vergessen hatte.

„Mist!" Unbeherrscht schlug er aufs Lenkrad. In dem Moment klingelte sein schwarzes Motorola.

3

Annika war nervös. Warum meldete Adrian sich nicht auf ihre SMS? Sollte sie ihn anrufen? Oder ihn in Ruhe lassen? Wieso lebte er immer so planlos in den Tag hinein? Warum machte er verdammt noch mal nichts Vernünftiges aus seinem ausgezeichneten Geografieabschluss?

Taxifahren gefalle ihm, rechtfertigte er sich einsilbig, wenn sie ihn darauf ansprach. Die Menschen, die Einsamkeit im Wagen, die Nachtschichten. Das sei das echte Leben, verteidigte er seinen Job.

Sein trotziges Beharren machte sie zunehmend zornig. Ihrer Auffassung nach verplemperte er sein Leben. Als sie sich vor zwei Jahren in der MainArena bei der Fußballweltmeisterschaft kennengelernt hatten, hatte es sofort gefunkt. Adrian war ihr privates Sommermärchen. Wie viele wunderbare Zukunftspläne hatten sie damals geschmiedet. Und jetzt? Seit einem halben Jahr kriselte ihre Beziehung gewaltig. Auf ihren

Druck, sich endlich einen vernünftigen Job zu suchen, reagierte er zunehmend abweisend und verschlossen. Vor kurzem war er dann erstmals einfach abgetaucht. Einfach verschwunden für ein, zwei Nächte. Und dann mit einem strahlenden Lächeln gut gelaunt wieder aufgetaucht. Als wenn er nur für fünf Minuten weg gewesen wäre.

Mit der Hand strich sie sich eine lange blonde Haarsträhne aus dem Gesicht. Unschlüssig schaute sie auf die Tastatur ihres Handys. Vielleicht dauerte seine Taxischicht heute Nacht ja gar nicht so lange, und es machte Sinn, auf ihn zu warten. Sie liebte es, neben ihm einzuschlafen. Auf keine der beiden SMS war jedoch eine Antwort gekommen. Unschlüssig schaute Annika aus dem Wohnzimmerfenster auf den Main.

Morgen früh musste sie topfit sein, um bei MyWay ihren zugesagten Statusbericht für die Eventabteilung zu präsentieren. Gedankenverloren schaute sie auf das Sachsenhäuser Flussufer und über das dunkel dahinfließende Wasser zu den verrosteten Kränen an der Ruhrorter Werft. Irgendwo da draußen in der Stadt war Adrian unterwegs. Und sie war hier und wünschte ihn sehnsüchtig zurück.

Seit ihrem Berufseinstieg vor knapp elf Monaten als Projektleiterin für E-Mail-Marketing in der Agentur an der Hanauer Landstraße war es für sie beruflich steil bergauf gegangen. Adrian blieb dagegen immer weiter zurück. Zu oft zerbrach sie sich den Kopf, was die Ursache dafür war, dass Adrian sich so beharrlich dem realen Leben verweigerte und immer öfter in seine merkwürdige Taxiwelt flüchtete.

Wenn sie ihn zur Rede stellte, küsste er sie und versicherte ihr mit seinen wunderschönen bernsteinfarbenen Augen, dass es reiche, wenn einer in der Familie Karriere mache. Und das dürfe ruhig sie sein, damit er die Zeit habe, sich um die Kinder zu kümmern. Diese Idee empfand Annika als ausgesprochen abwegig. Einmal war sie sogar so weit gegangen und hatte ihm mit dem Zeigefinger ein „Spinner“ an die Stirn getippt, als er wieder diesem Gedanken nachgehangen war. Traurig und verloren hatte Adrian über sie hinweggeschaut. Dann war er mit den Worten „Muss jetzt Taxi fahren“ aus der Wohnung geflüchtet. Das war das erste Mal gewesen, dass er für zwei Tage spurlos abgetaucht war.

Annika spürte den unbezähmbaren Drang, jetzt mit ihm zu reden. Hektisch tippte sie die Nummer ins Display. Es klingelte. Einmal, zweimal. Geh verdammt noch mal dran, flehte sie innerlich. Gerade als sie auflegen wollte, hob Adrian ab.

„Hallo Annika“, meldete er sich.

„Wo bist du?“, fuhr sie ihn wie aus der Pistole geschossen an.

„Annika, was soll das? Was ist los? Ich fahr' Taxi. Das ist mein Job. Ich verdiene damit meinen Lebensunterhalt. Das weißt du.“

„Wann kommst du nach Hause?“, drang sie in ihn.

„Keine Ahnung, ich hab gleich noch eine Fahrt, weiß nicht. So um Mitternacht vielleicht“, stotterte er. „Annika, was willst du?“

Sie spürte, wie er sich bedrängt fühlte. Und sie wusste, dass es falsch war, ihn ständig dazu zu zwingen, sich für einen Job zu rechtfertigen, der ihm offensichtlich Spaß machte. Doch sie konnte nicht anders, es musste jetzt raus. Etwas, das sich in ihr seit langer Zeit aufgestaut hatte. Immer schneller reihte sie Vorwurf an Vorwurf. Und doch konnte sie sich nicht bremsen.

„Annika, was willst du?“, fuhr er sie ungehalten an.

Genervt schaute er auf sein Handy, als sie zur üblichen Tirade, wieso, weshalb, warum ansetzte. Um dann grundsätzlich ihre Beziehung in Frage zu stellen. Adrian hörte schweigend zu und war gefühlsmäßig Lichtjahre von ihr entfernt. Warum konnte sie verdammt noch mal nicht respektieren, dass das, was sie von ihm forderte, nicht seine Welt war? Ihn nervte ihre Stimme, die wie Sissi, wenn sie schlecht gelaunt war, im Stakkato Vorwurf an Vorwurf reihte.

„Liebst du mich?", fragte sie plötzlich.

Und dann hörte sie ihn auf einmal ganz ruhig „Nein" sagen.

Annika schrie tief verletzt auf.

„Annika, warte. So war das nicht gemeint", wollte er sie beschwichtigen. Doch sie schluchzte und ihre Stimme überschlug sich hysterisch. Sein „Nein" hatte das Fass endgültig zum Überlaufen gebracht. „Warum willst du was anderes aus mir machen als das, was ich bin? Warum? Wer gibt dir das Recht dazu?"

„Ich will dir helfen." Annika weinte jetzt hemmungslos. „Ich will, dass wir glücklich werden. Ich weiß, dass es funktioniert, wenn wir es beide wollen."

Adrian warf einen Blick auf seine Armbanduhr. Es war zwei Minuten vor zehn.

„Scheiße", entfuhr es ihm.

„Bist du nicht mehr ganz richtig?" Wütend überschlug sich ihre Stimme. „Scher dich zum Teufel!"

4

Durch den Streit mit Annika hatte Adrian Karls Auftrag völlig vergessen. Zornig warf er sein Handy auf den Beifahrersitz und startete den Motor. Das wird verdammt knapp, hörte er sich innerlich fluchen. Ausgerechnet beim ersten Mal so eine bescheuerte Panne. Er war sonst immer pünktlich. Wo war nur der verdammte Zettel mit der Anschrift? Mit der rechten Hand tastete er auf dem Beifahrersitz nach dem Fetzen Papier, während er den Wagen auf deutlich über 50 Stundenkilometer beschleunigte.

An der Mönchhofstraße sprang die Ampel plötzlich auf Rot. Mit quietschenden Bremsen kann der Wagen auf dem nassen Asphalt vor der Haltelinie zum Stehen. Das Motorola schoss vom Beifahrersitz. Adrian fluchte. Heute war absolut nicht sein Tag.

Grün. Einsam und viel zu schnell jagte der Mercedes über die regennasse Mainzer Landstraße nach Griesheim. Als er in die Elektronstraße einbog, war er mindestens fünfzehn Minuten zu spät. Eine gefühlte Ewigkeit. Hausnummer 50, Sander. Er drückte die Klingel. Die Gegensprechanlage sprang sofort an.

„Karl, wo bleibst du? Du bist absolut zu spät! Du weißt, dass du pünktlich sein musst!“

Adrian durchzuckten die Worte wie ein Blitz. Er wollte antworten. Doch seine Stimme versagte. Wie ein abgekanzelter Schuljunge stand er vor der Eingangstür eines hässlichen, dreigeschossigen Mietshauses aus den sechziger Jahren. Dann hörte er hastige Schritte im Treppenhaus. Ruckartig wurde die Haustür von innen aufgerissen. Adrian prallte zurück.

Die Frau in der Tür stutzte.

„Wo ist Karl?“

Adrian senkte schuldbewusst den Kopf.

„Karl ist krank. Ich soll Sie fahren.“

Die Frau im schwarzen Mantel zögerte. Dann musterte sie ihn aufmerksam von Kopf bis Fuß.

Adrian fühlte sich ihrem Röntgenblick völlig ausgeliefert. Sehnsüchtig wünschte er sich seine Zigaretten herbei. Doch die Schachtel lag Lichtjahre entfernt im Taxi. Er schaute hoch, und sein Blick traf auf zwei große graublaue Augen, die ihn hellwach von Kopf bis Fuß rasterten.

Erst als die Stille durch ein weit entferntes Telefonklingeln unterbrochen wurde, ließ Adrians Schockstarre nach. Annika, schoss es ihm durch den Kopf, und er drehte sich zum Taxi um. Die Frau musterte ihn spöttisch. Unschlüssig blieb er stehen.

„Wo soll ich Sie hinfahren?“ Unsicher schaute er zu ihr.

„Wie wäre es mit einer Reise in den Untergrund?“

Ihre Lippen umspielte ein amüsiertes Lächeln. Die Stimme der Frau traf Adrian mit voller Wucht. Ein Schauer rieselte seinen Rücken herunter.

„Ist Ihnen kalt?“, fragte sie kühl und ging, ohne die Antwort abzuwarten, an Adrian vorbei zum Taxi. Dort blieb sie stehen. „Wollen Sie mir nicht die Tür aufhalten?“ Ihrem fordernden Unterton hatte Adrian nichts entgegenzusetzen, ihre Frage duldete keinen Widerspruch.

Flink eilte er zum Taxi und riss die hintere Wagentür auf. Als sie sich setzte und lasziv die Beine übereinanderschlug, umfing ihn für einen Moment ein Hauch von Prada. Verwirrt schaute er zu der Frau herab. Warum irritierte ihn diese Unbekannte so maßlos? Er war sich hundert-, nein tausendprozentig sicher, sie nie zuvor gesehen zu haben. Trotzdem kam es ihm vor, als hätte er ein Déjà-vu.

Was konnte es nur sein? An das trostlose Wohnhaus aus den sechziger Jahren mitten in Griesheim hätte er sich sicher erinnert; er vergaß selten eine Adresse. Für die Frau galt das Gleiche.

Adrian stieg in den Mercedes und drehte sich zu ihr um.

„Hat die Unterwelt auch einen Straßennamen?“

Er wollte ironisch wirken, doch seine Stimme klang völlig verunsichert.

Die Frau lachte.

„Fahren Sie mich zum Niederräder Klärwerk. Haupttor. Und bitte beeilen Sie sich. Ich bin schon mindestens eine Viertelstunde zu spät.“

Adrian griff zum Taxameter.

„Was soll das?“, fuhr sie ihn schroff an.

Irritiert schaute er in den Rückspiegel. Ihr durchdringender Blick duldete keinen Widerspruch.

„Ich zahle morgen früh. Das ist so mit Karl vereinbart. Ich setze natürlich Ihr Einverständnis in die bestehenden Geschäftsbedingungen voraus.“

Die Ansage war kühl und klar. Adrian nickte und startete den Motor.

„Rauchen Sie?“, fragte er, nachdem sie ein paar Meter gefahren waren.

„Nein. Warum? Rauchen Sie?“

Er nickte und blickte auf die Mainzer Landstraße. Niemals zuvor hatte er in so durchdringende und wache Augen geschaut. Er fühlte sich wie unter einem hochauflösenden Röntgengerät. Was natürlich Quatsch war. Trotzdem lag in den Augen der Frau etwas, das ihn an Voodoo und Magie erinnerte.

Schweigend fuhr Adrian über die Mainzer Landstraße. In Höhe des Ordnungsamtes wagte er einen vorsichtigen Blick in den Rückspiegel. Sie telefonierte mit leiser Stimme. An ihrem Handy klimperte ein zierliches Amulett. Wie diese japanischen Glücksbringer, mit denen Jugendliche ihre Mobiltelefone zu individualisieren pflegten. Das Pandora-Armband an ihrem Handgelenk war ausgesprochen geschmackvoll zusammengestellt. Annika schwärmte von dieser Art Schmuck, doch er konnte es sich nicht leisten, ihr diesen ausgefallenen Wunsch zu erfüllen.

Die glänzenden, dunklen Haare der Frau waren streng nach hinten gekämmt und hochgesteckt. Als sie für einen Moment die Augen schloss, um sich auf das Telefonat zu konzentrieren, schmiegten sich ihre Wimpern wie ein Seidenvorhang auf ihre Wangen. Der schön geschwungene Mund war perfekt geschminkt. Wie alt mochte sie sein? Ende dreißig, Anfang vierzig vielleicht?

„Nein, nein, ich bin in zehn Minuten da. Der Taxifahrer hat's verpeilt. Kein Problem. … Dann dreh mit Patricia die Szene im Aquarium. Nein, der Techniker hat die Elektrik gecheckt, die Verkabelung ist neu. … Nein. … Nein, keine Sorge. Mit Frau Dr. Brückner ist wie immer alles vereinbart. Ich zahle am Mittwoch. … Ja. … Ja, ich dich auch."

Als sie auflegte, schaute sie ihm unvermittelt über den Rückspiegel in die Augen. Adrian fühlte sich ertappt. Spöttisch schob sie ihre rote Unterlippe nach vorn.

„Belauschen Sie immer Ihre Fahrgäste?"

Hart und unvermittelt herrschte sie ihn an.

Adrian schüttelte verneinend den Kopf. Schamröte stieg in ihm auf. Warum, verdammt noch mal, warum hatten dieser Blick und diese Stimme so eine Macht über ihn?

Monoton rauschten die An- und Abmeldungen der Taxikollegen durch den Äther. Sissi verteilte aus der Zentrale die spärlichen Aufträge dieser trüben Nacht. Irgendwie nervte Adrian die Monotonie ihrer Ansagen. Obwohl es von der Taxizentrale nicht gern gesehen war, drehte er den Lautstärkenregler herunter. Er wollte sich ganz auf die Stimme der Frau, die hinter ihm im Taxi saß, konzentrieren.

„Wie wäre es mit Musik?", fragte sie in die sich dehnende Gesprächspause hinein.

„House?", schlug er einsilbig vor.

Doch sie antwortete nicht und kramte suchend in ihrer Handtasche. Dann hörte er ein metallisches Klimpern, so als ob Kleingeld aus einem Portemonnaie auf die Fußmatte gefallen wäre. Adrian registrierte flüchtig, wie die Frau suchend auf den Boden schaute. Dann richtete sie sich auf und blickte nervös aus dem Fenster auf die langsam durch die Nacht vorbeigleitende Stadt.

5

Annika heulte, fluchte, trommelte mit den geballten Fäusten auf ihr Bett. Wie konnte sie nur so ungeschickt sein! Was war verdammt noch mal mit Adrian los? Seit Wochen, nein, seit Monaten immer nur Ausflüchte und Ausreden. Einmal waren es Termine mit Enzo, dann Besuche seiner Schwester. Beim nächsten Mal der Sport. Und immer wieder der Taxijob. Wenn sie mit ihm über ihre Beziehung reden wollte, flüchtete er. Am Anfang in Ausreden. In letzter Zeit zunehmend aus der gemeinsamen Wohnung. Oder er hing die halbe Nacht vor seinem PC und duellierte sich mit virtuellen Zufallsbekanntschaften irgendwo auf diesem Planeten in Ego-Shooter-Spielen.

In ihren Augen war das eine planlose Vergeudung kostbarer Zeit. Wieder liefen ihr Tränen wie Sturzbäche über ihre Wangen. Morgen früh würde sie fürchterlich aussehen. Ihre Präsentation, auf die sie sich akribisch vorbereitet hatte, war im Eimer. In diesem Zustand würde sie beim besten Willen niemals Schlaf finden. Sie musste mit Adrian noch heute Nacht reden und sich irgendwie mit ihm versöhnen. Sonst würde sie verrückt werden.

Ihr Handy lag noch immer auf ihrem Bett, wo sie es nach dem Wortgefecht wutentbrannt hingeworfen hatte. Keine SMS im Display. Adrian würde sich nicht entschuldigen, so gut kannte sie ihn. In ihr focht ihr Stolz unbarmherzig gegen ihr Reuegefühl.

Die Sehnsucht nach Adrian siegte letztendlich über die Vernunft. Seufzend angelte sie nach ihrem Telefon. Seit ihrem Streit war kaum mehr als eine Viertelstunde vergangen. Mit fliegenden Fingern tippte sie die Wahlwiederholung. Sie hörte das Freizeichen, einmal, zweimal, dreimal. Doch nichts passierte.

Auch nach dem zehnten Klingeln sprang die Mailbox nicht an. Adrian hatte, wie so oft, den Anrufbeantworter ausgeschaltet. Seine Mailbox abzuhören war ihm einfach zu lästig. Annika dagegen hatte permanent Angst, irgendetwas zu verpassen. Deshalb schaltete sie ihr Handy auch nachts nie aus.

Am Anfang ihrer Beziehung hatte Adrian ihr einmal das rosa Samsung mit einem süffisanten Lächeln entwunden.

„Sag mir, was fasziniert euch Frauen so wahnsinnig an dieser elektronischen Fußfessel? Warum seid ihr bereit, euch von dieser Technologie so versklaven zu lassen?"

Annika hatte die Frage überrumpelt. Sie hatte sich ertappt gefühlt.

Ratlos stand sie im Schlafzimmer. Wahrscheinlich war Adrian ja wirklich mit einem Fahrgast unterwegs und konnte deshalb nicht telefonieren. Wenn sie die ISDN-Kennung ihres Handys unterdrücken würde, könnte sie ihn vielleicht als „unbekannter Teilnehmer" überrumpeln. Adrian hasste solche Manöver noch mehr als ihre „normalen" Überraschungsanrufe. Aber es war wohl ihre letzte Gelegenheit, ihn heute Nacht noch einmal zu sprechen.

„Gib ihm eine Chance und warte", beschwichtigte sie ihre innere Stimme. Vielleicht ruft er ja doch noch an.

6

„Was wollen Sie mitten in der Nacht im Niederräder Klärwerk?" Er hatte den Satz noch nicht beendet, da spürte er die Peinlichkeit seiner Neugier.

Während seines Geografiestudiums hatte er flüchtig mit der Anlage zu tun gehabt. 2003 hatte eine Gruppe von Studenten für Hanskarl Klunkermann ein Event-Projekt im Rahmen der Route der Industriekultur Rhein-Main entwickelt; für die konzeptionellen Vorarbeiten war damals mit dem Stadtentwässerungsamt eine Besichtigung des unter der Erde liegenden historischen Bauwerks vereinbart worden. Die perfekte Symmetrie des Gewölbes, diese Wucht der Backsteine, hatte Adrian damals zutiefst beeindruckt. Die Bögen des tonnenartigen Gewölbes über dem braunen Brackwasser hatten ihn an eine langsam im Sumpf versinkende Barockkirche erinnert. Für ihn zeugten die schweren, symmetrisch angeordneten Eisenketten der Geigerschen Fabrik GmbH Karlsruhe, die die Eisentore vor den Abwassergruben öffneten und schlossen, von einer anderen, längst vergangenen Zeit.

Adrian erinnerte sich an den modrig-kühlen Luftzug in der Gewölbehalle aus roten Backsteinen. Vor den Klärsieben des Sandfangs musste um die Jahrhundertwende ein barbarischer Gestank geherrscht haben. Hier waren die Abwässer und Fäkalien der damals rasant wachsenden Stadt durchgeleitet worden, damit sich die schweren mineralischen Stoffe am Boden absetzen konnten. Sechs bis zehn Männer waren ständig damit beschäftigt gewesen, die Siebe mit langen Rechen zu reinigen. Die widerlich stinkende Brühe floss anschließend in die lang gezogenen Absetzbecken der Anlage.

Als Adrian das Klärwerk besichtigt hatte, war ihm ein großes Schwarz-Weiß-Foto an der Seitenwand des Gewölbes aufgefallen, das die Arbeiter der Kaiser-Wilhelm-Zeit beim Reinigen der Siebe mit ihren langen Holzrechen zeigte. Ihre schwarzen Stiefel reichten bis zu den Oberschenkeln. Aufrecht standen sie vor einem Seilzug mit langen Stahlketten. Nur ihre Augen wirkten müde und ausgebrannt. Vom sogenannten „Stolz der Arbeiterklasse“ war auf diesem Foto nichts zu spüren.

1960 hatte das leistungsfähigere überirdische Klärwerk dann seinen Betrieb aufgenommen. Und die unterirdische Anlage war langsam aber stetig aus dem Bewusstsein der Stadtbevölkerung versunken.

Adrian hatten die Luftblasen fasziniert, die damals hier und da mit leisem Blubbern aus den Rückhaltebecken aufgestiegen waren.

„Woran denken Sie?“ Lasziv hatte sich die hübsche Praktikantin der Event-Agentur über das noch nicht einmal hüfthohe schmale Geländer, das die Becken umsäumte, gelehnt.

„Ehrliche Frage, ehrliche Antwort?“

Die Blondine hatte wissbegierig genickt.

„Ich frage mich die ganze Zeit, ob das das Blubbern einer Ratte oder einer Leiche ist“, hatte er die Praktikantin damals augenzwinkernd angegrinst.

Angewidert hatte sie sich abgewandt, um mit eiligen Schritten zur Gruppe zurückzueilen und umgehend seine Bemerkung zum Besten zu geben. Alle hatten auf Adrian geschaut, der grinsend am Stahlgeländer lehnte.

„Woran denken Sie?“

„An Ratten und Leichen“, hörte er sich sagen.

Erst als sein Fahrgast vor Lachen losprustete, kehrte Adrian in die Gegenwart seines Taxis zurück.

„Sie sind ja wirklich ein fantastischer Gesprächspartner“, stellte die Unbekannte mit einem leicht ironischen Unterton fest.

Adrian drehte sich zu ihr um. Sein Blick glitt über lange, schwarze Lederstiefel, über einen hochgeschlossenen Mantel bis hin zu ihrem Gesicht. Er spürte, wie sich sein Pulsschlag merklich beschleunigte. Was machte ihn nur so sprachlos? Spöttisch verzog sie die Mundwinkel.

„Lyoner Straße, Haupteinfahrt. Direkt vor dem Umspannwerk der Mainova. Der Werkschutz weiß Bescheid“, lächelte sie.

Adrian nickte und konzentrierte sich auf die Straße. Zügig glitt das Taxi am Theodor-Stern-Kai entlang Richtung Niederräder Ufer. Schon weit vor dem Ziel sah man den beleuchteten Turm des Heizkraftwerks. Als er vor dem Haupteingang anhalten wollte, glitt die Schranke wie von Geisterhand nach oben.

„Die nächste Straße rechts, dann wieder rechts und dann immer geradeaus bis zum Ende. Dort steht ein kleines Jugendstilhäuschen. Da halten Sie“, wies sie ihn mit klarer Stimme an. „Morgen früh um vier holen Sie mich genau hier wieder ab. Dann regeln wir das Finanzielle.“

Adrian fühlte nicht den geringsten Widerstand in sich aufkeimen. Er würde morgen früh pünktlich mit dem Taxi hier am vereinbarten Ort auf sie warten.

In dem Moment fiel ihm siedendheiß ein, dass er vergessen hatte, Sissi den Fahrzeugwechsel auf die drei-fünf-drei zu melden. Das Wortgefecht mit Annika hatte ihn völlig aus dem Konzept gebracht. Das würde sicher mächtig Ärger mit der Chefin geben, wenn er sich plötzlich mit dem Wagen von Karl in der Zentrale zurückmelden würde.

Im fahlen Licht der Straßenbeleuchtung tauchte das von der Frau beschriebene Haus vor dem Taxi auf. Als Adrian den Wagen stoppte, blieb sie mit einem provozierenden Blick sitzen. Adrian war für eine Sekunde irritiert. Doch dann wurde ihm schlagartig klar, was sie von ihm erwartete. Beflissen stieg er aus, um ihr die Tür zu öffnen. Als sie aus dem Wagen stieg, trennten ihn nur wenige Zentimeter von ihrem glänzenden Haar und ihren roten Lippen.

„Bis morgen früh“, strahlte sie ihn an.

Adrian senkte seinen Blick. Sein Puls pochte hart in der Halsschlagader. Verkrampft hielt er sich an der Wagentür fest.

Wie von Geisterhand schwang die Eisentür zum unterirdischen Klärwerk auf. Sekunden später schnappte die Pforte mit einem harten metallischen Klang hinter der Frau ins Schloss.

Eine tiefe Stille umfing Adrian. Irgendwo tropfte Wasser monoton in ein Auffangbecken. Bis auf das Brausen der Autobahn zwischen Niederrad und Goldstein und einem weit hinten über dem Stadtwald tief anfliegenden Jet war es auf einmal unglaublich still um ihn herum.

Intuitiv griff Adrian nach einer Zigarette. Wo war eigentlich sein blödes Motorola hingerutscht? Adrian inhalierte tief. Mit der Flamme des Feuerzeugs leuchtete er unter den Beifahrersitz. Vorsichtig fischte er nach seinem Handy. Kurz bevor die Flamme im Windzug verlosch, sah er weit hinten unter dem Sitz etwas Silbernes aufblitzen. Als er das Feuerzeug zum zweiten Mal aufflammen ließ, erkannte Adrian das silberne Amulett unter dem Beifahrersitz. Er erinnerte sich an das klimpernde Geräusch. Die schöne Unbekannte hatte anscheinend ohne es zu bemerken den Schmuck ihres Handys abgerissen.

Im fahlen Licht der Fahrzeuginnenbeleuchtung inspizierte Adrian neugierig das Amulett. Mehrere ineinander verschlungene schmale Silberringe waren durch ein dünnes schwarzes Lederband geführt. Am Ende der Bänder baumelte ein abgebrochener silberner Engelsflügel. Adrian spürte die Kühle des wunderschönen Schmuckstücks in seinen Händen. Als er vorsichtig über den Flügel strich, konnte er jede einzelne der filigranen Federn fühlen.

Sollte er der Frau das verlorene Amulett hinterhertragen? Oder bis morgen früh warten und es ihr dann zurückgeben? Adrian stieg aus dem Wagen und zündete sich nachdenklich eine Zigarette an. Er wollte keinen Stress mit Karl. Der Mercedes sollte am nächsten Morgen nicht nach kaltem Rauch riechen.

Nachdenklich lehnte Adrian an der Fahrertür. Was für eine Frau. Faszinierend. Verstörend. Sie hatte seine Neugier geweckt. Er würde Karl morgen früh löchern. Wo hatte er sie kennengelernt? Was macht sie nachts in einem stillgelegten Klärwerk? Adrian wurde das Gefühl nicht los, die Frau schon irgendwo einmal gesehen zu haben.

Aus den oberirdischen Becken der Kläranlage stieg der süßliche Geruch von Verwestem in Adrians Nase. Wieder steuerte ein Jet mit tief heulenden Triebwerken über den Stadtwald Richtung Airport. Die Lichter des Airbus strahlten hell und klar in der dunklen Nacht. Über die Main-Neckar-Brücke schleppte sich scheppernd ein nicht enden wollender Güterzug Richtung Hauptbahnhof. Der plötzliche Lärm riss Adrian aus seinen Gedanken.

Ein letzter tiefer Zug. Dann schnippte er die Zigarette auf den Boden und trat hastig die Glut aus. Entschlossen griff er sein Handy und schob es in die linke Hosentasche. Er hatte sich entschieden, der Frau in die Unterwelt zu folgen.

7

Wie ein im Käfig eingesperrtes Raubtier tigerte Annika durch ihre Wohnung. Schlafzimmer, Küche, Wohnzimmer und wieder zurück. Sie würde Adrian nicht mehr anrufen. Das verbot ihr der Stolz.

So ging es nicht weiter. Jetzt war endgültig Schluss. Morgen würde sie ihm sagen, dass er seine Klamotten packen und verschwinden solle. Zum Glück hatte ihr Vater die Eigentumswohnung am Walter-von-Cronberg-Platz für sie gekauft. So blieb zumindest ihr der Umzug erspart.

Traurig schaute sie auf die Weseler Werft, wo sie Adrian im WM-Sommer 2006 beim Public Viewing kennengelernt hatte. Erneut liefen ihr bittere Tränen die Wangen hinunter. Mit Adrian würde es keine Zukunft geben. Der Gedanke stimmte sie zutiefst traurig.

Als sie nervös auf ihre Armbanduhr schaute, war es kurz vor elf. Morgen früh würde sie fürchterlich aussehen. Sie musste jetzt einfach zur Ruhe kommen.

Traurig trottete sie ins Bad, um sich die Reste ihrer verschmierten Wimperntusche abzuschminken. Wenn ich geduscht habe, schicke ich ihm eine letzte SMS, beschloss sie. Eine Chance soll er noch bekommen.

8

Als Adrian vorsichtig die Eisentür öffnete, fiel sein Blick auf eine hölzerne Wendeltreppe, die mindestens dreißig Stufen in die Tiefe führte. Schnell gewöhnten sich seine Augen an das Dämmerlicht. Als er die ersten Stufen hinabgestiegen war, registrierte er einen flackernden Fackelschein. Für einen Moment zögerte er. Doch das Lederbändchen mit den Silberringen und dem Engelsflügel in seiner Faust zog ihn Stufe um Stufe weiter nach unten.

Als er die letzte Stufe erreicht hatte, hörte er sakrale Musik. Sie erinnerte ihn an die Szene im Film „Der Name der Rose“, in der die Mönche aus der Kirche in den Kreuzgang des Klosters strömten. Fackeln erleuchteten die Gänge zwischen den stillgelegten Sickergruben, deren brackig-braunes Wasser blau ausgeleuchtet war. Der Feuerschein der Fackeln zuckte in den Nischen und spiegelte sich auf dem Geländer zwischen den schmalen Gängen in den Kanälen.

Am Ende des Gewölbes nahm Adrian ein merkwürdiges, blau beleuchtetes Konstrukt auf der langgestreckten Plattform wahr, die die vier Klärgruben durch einen breiten Steg miteinander verband. Der ungewöhnliche Aufbau erinnerte ihn an ein überdimensioniertes Aquarium. Wasser schwappte in dem riesigen Glaskasten, und er sah, dass sich darin etwas bewegte.

Willkommen im Hades. Willkommen in der Unterwelt, dachte Adrian, und der Gedanke schnürte ihm für einen Moment die Kehle zu. Sein innerer Kompass signalisierte ihm, dass er sich mindestens fünfzehn Meter unter der Erde befand. Niemand würde ihn hier unten suchen, da war er sich absolut sicher.

Dann hörte er ein plätscherndes Geräusch. Es klang wie der Wasserstrahl einer aufgedrehten Dusche. Und danach ein sehr eindringliches Stöhnen. Es klang merkwürdig nach Schmerz. Nach einer kurzen Pause folgte erneut das Stöhnen. Und dann wieder der Wasserstrahl.

„Nein, nein, nein, so geht das nicht, du bist viel zu künstlich! Streng dich gefälligst an“, schallte wütend eine männliche Stimme durch die gespenstisch beleuchtete Szene.

„Das Wasser ist zu kalt“, zürnte eine bebende Frauenstimme.

„Patricia, es ist deine letzte Einstellung“, hörte Adrian eine zweite Frau sagen.

Er erschauderte. Es war ihre Stimme. Vorsichtig beugte er sich aus dem Schatten der Säule, die ihn bislang verborgen hatte. Vor ihm lehnte ein weißer Rettungsring mit der Aufschrift „Stadtentwässerungsamt“ an der Mauer. Der Gedanke, dass die Frankfurter Verwaltung sogar hier unter der Erde für geordnete Bahnen im Falle von Gefahr vorgesorgt hatte, erschien Adrian ausgesprochen skurril. Zwanzig Meter vor ihm stand dieses überlebensgroße Aquarium, in dem eine nur mit einem heruntergezogenen Slip bekleidete junge Frau mit langen blonden Haaren in eine senkrecht stehende Streckbank gekettet war. Sowohl ihr Hals als auch ihre Hand- und Fußgelenke waren mit breiten schwarzen Lederbändern an das Holzbrett gefesselt. Ihr stand das Wasser bis zur Hüfte. Direkt neben dem Wasserbecken stand ein in schwarzes Leder gewandeter kahlgeschorener Hüne, der bedrohlich die linke Hand hob, die eine Peitsche umklammerte. In seiner Rechten baumelte ein dicker schwarzer Gummischlauch. Aus den nassen Haaren der Frau schlussfolgerte Adrian, dass der muskelbepackte Folterknecht sie mit der Streckbank wohl schon mehrfach unter Wasser gedrückt hatte.

Außerhalb des Menschenaquariums verfolgten zwei Kameramänner und eine junge Frau, die einen Bademantel hielt, mehr oder weniger gelangweilt die Szene. Adrian lauschte mucksmäuschenstill. Doch er verstand nur Bruchstücke, die der im Hintergrund stehende, ausgesprochen gut gekleidete Mann, den er auf Mitte bis Ende vierzig schätzte, zu dem Mädchen im Wasser sagte. Aber sie schien offensichtlich nicht begeistert von seinen Anweisungen zu sein.

9

Adrian fiel es wie Schuppen von den Augen. Er kannte die Szene. Heiß und pulsierend schoss ihm das Blut durch die

Adern. Das hier war kein Déjà-vu. Das war Realität. Und er wusste ganz genau, was sich hier vor seinen Augen abspielte.

Es war mindestens fünf oder sechs Monate her, dass Enzo ihn am Ende einer Nachtschicht im Rechenzentrum von „connection" verschwörerisch in die Privilegien seines Jobs eingeführt hatte.

„Adrian, es gibt im Internet nichts, was es nicht gibt", hatte der Freund damals beschwörend auf ihn eingeredet. „Pornostars, Krankenschwestern, große Möpse, kleine Brüste, Gangbang, Fetisch. Alles, es gibt einfach alles! Und es kostet nichts!" Enzo strahlte vor Begeisterung.

„Auf was stehst du?", hatte er damals eindringlich gefragt und ihm kumpelhaft auf die Schulter geklopft. „In die Hochleistungstechnologie des Internets ist doch nur deshalb so schnell so viel Geld gesteckt worden, weil Menschen bereit sind, für Sex zu zahlen."

„Männer", hatte Adrian ihn damals lakonisch korrigiert. „Männer. Nicht Menschen."

Auf die Filme, die Enzo so anmachten, war Adrian bei privaten Surftouren durchs Web immer mal wieder gestoßen. Doch die Fotos und Videos stießen ihn ab. So müssen sich Metzger fühlen, wenn sie morgens um vier zur Fleischbeschau im Schlachthof eintreffen. Die Faszination der meist zehnsekündigen Pornoclips erschloss sich Adrian einfach nicht. Vielleicht weil er mit Annika zusammen war?

„Kuck doch mal", Enzo hatte ihn damals leidenschaftlich aufgefordert, hinzusehen. „Hier. Der Clip ist von der Darling-Produktion. Die Videos sind irgendwie anders, interessanter. Sex an ungewöhnlichen Orten", schwärmte Enzo. „Oder wie du immer so schön sagst, ‚künstlerisch wertvoll', Herr Ästhet."

Enzo klang spöttisch amüsiert. Dann drückte er spontan die Play-Taste.

„Die Tante dürfte deine Kragenweite sein. Du hast mir doch mal erzählt, dass du auf coole Frauen mit erotischen Stimmen stehst. Und die hier hat's meiner Meinung nach voll drauf."

Adrian sah hoch und versank für Sekunden in den graublauen Augen einer dunkelhaarigen, streng frisierten Domina. Als sie lasziv den Blick senkte und die Peitsche hob, hatte Adrian genug. Hastig hatte er damals nach der Maus gegriffen und wütend das Video gestoppt.

„Spinnst du!" Enzo war total sauer. „Jetzt wird es doch gerade erst interessant, du Blödmann."

„Du hast es immer noch nicht begriffen. Das interessiert mich nicht." Adrian fühlte sich sichtlich in die Enge getrieben. „Eh, Kumpel, ich steh da echt nicht drauf. Lass uns lieber 'ne Runde Counter-Strike spielen. Das bringt mehr Laune."

Enzo spürte, dass er einen Tick zu weit gegangen war, und lenkte bereitwillig ein. Zum einen, weil er keinen Zoff mit seinem Freund haben wollte. Zum anderen, weil Adrian wirklich ein ausgesprochen guter Schütze war, mit dem man jederzeit ein paar Ego-Shooter-Fights locker aus der Hüfte gegen jeden feindlichen Clan gewinnen konnte.

10

Die nackte Frau im Aquarium zeterte unerbittlich, und ihre hohe Stimme überschlug sich vor Zorn.

„Alex ... Herr Paul, so entsteht definitiv keine Spannung. Wenn mir zu kalt ist, kann ich mich nicht auf die Szene konzentrieren. Und mir ist es hier zu kalt! Clara, bitte. Du verlangst, dass ich echt wirke. Kein Orgasmus-Fake. Schon der Geruch hier unten ist grauenhaft. Macht endlich das eiskalte Wasser wärmer. Sonst kann ich mich nicht entspannen! Wenn ihr schon in dieser Gruft einen Waterbondage-Film produzieren müsst, dann sorgt verdammt noch mal für professionellere Bedingungen!“

Die Frau, die die Darstellerin mit Clara angesprochen hatte, drehte sich zu dem Hünen in Leder-Outfit um. Mit ihrer faszinierenden Stimme, die Adrian mittlerweile vertraut in den Ohren klang, herrschte sie ihn kurz angebunden an: „Erik, warum ist das Wasser so kalt?“

„Nicht meine Baustelle“, zuckte der Angesprochene die Achseln. „Ich bin Darsteller, kein Produktionsassi!“

„Wir haben mehr Licht gebraucht, die Fackeln haben einfach nicht ausgereicht“, unterbrach ihn einer der Kameramänner. „Wir haben die Steckdosen für die zusätzliche Beleuchtung gebraucht und deshalb die Wasserheizung vom Strom abgehängt.“ Der Kameramann war sichtlich genervt. „Mann, wer kann ahnen, dass die Tante gleich beim ersten harten Dreh so rumzickt?“

„Stellt sofort den Strom für die Wasserheizung wieder an“, schnauzte der Mann, den die gefesselte Blondine mit Herr Paul angefleht hatte, die beiden Kameramänner an.

Lustlos drehte der Kleinere der beiden sich um und hob den Stecker aus einer Wasserpfütze. „Wo ist bloß das verdammte Verlängerungskabel?“ Suchend blickte er zwischen den Metallverstrebungen des Gerüsts über den schwarz geteerten Boden. Diese wahnsinnig exzentrischen Drehorte nervten.

„Können wir nicht mal wie ganz normale Pornoproduzenten in schönen Hotels mit hübschen Pools drehen?“, knurrte der zweite Kameramann Clara an.

Eisig erwiderte sie seinen Blick und schaute auf ihre Uhr. Im Prinzip wäre das ihr Dreh, wenn nur der Taxifahrer nicht so spät gekommen wäre. Dann wäre sie in fünf Minuten fertig gewesen und hätte jetzt schon entspannt am Büffet sitzen können.

Als sie aufschaute, flackerte für eine Sekunde das Licht der Scheinwerfer grell auf. Dann wurde es mit einem Knall schlagartig dunkel. Nur die Fackeln zuckten über die gespenstisch erleuchtete Szene.

„Patricia? Patricia!!! Patricia, sag was!" Der Ledermann schüttelte die Blondine, die leblos im Geschirr im Wasser hing. „Patriciaaaaaaaaa!" Markerschütternd hallte sein verzweifelter Schrei durch das historische Gewölbe des Klärwerks.

11

Annika schaute auf ihre Uhr. Er war jetzt elf. Noch immer hatte Adrian nicht zurückgerufen. Sie war fest entschlossen, sich jetzt Klarheit zu verschaffen.

Energisch wickelte sie ihre nassen Haare mit einem Handtuch zum Turban und zog ihren Bademantel fest um die Schultern. Dann griff sie zum Handy und tippte die Wahlwiederholungstaste.

12

Adrian spürte den Vibrationsalarm des Motorolas in seiner Jeans den Bruchteil einer Sekunde, bevor es klingelte. Hastig nestelte er das Handy aus der Tasche und drückte auf Stumm. Doch es war zu spät. Laut und klar schallte der Klingelton durch das unterirdische Gewölbe. Für einen Moment traf ihn Claras fassungsloser Blick.

„Halt, stehen bleiben! Er darf nicht entkommen!“ Hektisch fuchtelte Alexander Paul mit den Armen vor den beiden Kameramännern herum, während sich der völlig verstörte Lederhüne heftig zerrend an den Lederbändern zu schaffen machte, um das leblose Mädchen aus dem Aquarium zu befreien.

Adrian stockte für eine Sekunde der Atem. Dann ergriff er die Flucht. Als er um die zweite Säule Richtung Wendeltreppe sprintete, spürte er, wie ihm das Motorola aus der Hosentasche glitt. Blechern schlitterte es am Boden entlang in die Dunkelheit. Adrian fluchte. Mit großen Schritten stürmte er die Wendeltreppe nach oben. Hart schlug ihm an der Eisentür die nasskalte Novembernacht entgegen.

Adrian warf sich ins Auto, drückte intuitiv die Zentralverriegelung und startete den Motor. Ein heftiges Trommeln auf den Kofferraum ließ ihn abrupt Gas geben. Mit quietschenden Reifen pflügte das Taxi über die Grasnarbe neben den überirdischen Klärgruben. Plötzlich brach der Wagen aus, doch Adrian zwang den Mercedes zurück in die Spur und raste über das Gelände zum Haupttor. Wie schon bei der Einfahrt schwang die Schranke wie von Geisterhand bewegt nach oben. Ohne zu zögern, wendete Adrian über die durchgezogene weiße Linie der Lyoner Straße und raste trotz roter Ampel am Schwanheimer Ufer Richtung Autobahn. Spätestens dort würde er seine Verfolger abschütteln.

Adrians Puls raste. Kaskadenartig schossen ihm die Bilder der Nacht durch den Kopf und formten immer wieder das eine Gesicht vor seinem inneren Auge: Clara.

Erst das laute Hupen eines erbosten Lastwagenfahrers brachte ihn auf die Spur der regennassen Autobahn zurück. Erschrocken zog er das Taxi nach links. Langsam flachte sein Puls ab. Dann fädelte er den Wagen zügig im nächtlichen Verkehr Richtung Messe-Innenstadt ein.

13

Tief in Gedanken versunken steuerte Adrian die Friedrich-Naumann-Straße im Kuhwald an. Dort lebte Karl Blum.

„Mein Dorf hinter der Messe", sagte Karl nicht ohne Stolz über die beschauliche Siedlung. Hier hatten schon seine Mutter und seine Großmutter gelebt.

1920 hatte Frankfurt angefangen, die Kuhwaldsiedlung nach den Plänen des Architekten und Städteplaners Ernst May anzulegen. Die Siedlung galt lange als Musterbeispiel für den Drang der Schützengrabengeneration, die nach dem Ersten Weltkrieg ein neues, anderes Deutschland schaffen wollte. Heute prägten kleine Straßen und gepflegte ein- oder zweigeschossige Wohnhäuser mit hübschen Vorgärten, Jägerzäunen und Gartenzwergen die idyllische Siedlung. Eingeklemmt zwischen Messegelände, Rangierbahnhof, Rebstockgelände und Theodor-Heuss-Allee, hatte der Kuhwald über Jahrzehnte seinen dörflichen Charakter in der Stadt, die durch immer neue Wolkenkratzer ständig ihr Profil veränderte, bewahrt.

„Alles wohlgeordnet, alles überschaubar. Keiner geht verloren.“ So hatte Karl die Vorzüge der Kuhwaldsiedlung wortreich gelobt, als Adrian vor zwei Jahren auf Wohnungssuche gewesen war.

Der Gedanke, sich unter die soziale Kontrolle freundlich ondulierter Nachbarinnen mit kleinen kläffenden Pinschern zu begeben, hatte in Adrian jedoch einen heftigen Abwehrreflex ausgelöst. Karl erzählte zwar immer voller Stolz, dass der Kuhwald im Juli 1909 einen riesigen Menschenauflauf erlebt hatte, als der erste Zeppelin planmäßig auf dem Rebstöcker Feld hinter der Siedlung gelandet war. Doch das war nun fast einhundert Jahre her. Seitdem ging das Leben dort in den immer gleichen überschaubaren Bahnen seinen Gang.

Als Adrian vor Karls Haus bremste und hinter seinem eigenen Taxi zu stehen kam, war es bereits halb zwölf. Wahrscheinlich schlief der arme Kerl längst tief und fest. Machte es wirklich Sinn, einen kranken Mann um diese Uhrzeit aus dem Bett zu klingeln? Oder sollte er nicht einfach den Wagen vor der Tür parken und den Autoschlüssel in den Briefkasten werfen?

Adrian zögerte. Warum sollte er Karl aufwecken? Um ihm die Story aus dem Klärwerk zu berichten? Nirgendwo im Haus brannte Licht. Wahrscheinlich lag er völlig erschöpft vom Magen-Darm-Virus im Bett.

Adrian entschied sich, den Autoschlüssel in den scheppernden Briefkasten zu werfen. Es dauerte nur Sekunden, bis ein Hund im Nachbarhaus heftig anschlug. Hier entgeht wirklich niemandem etwas, dachte Adrian.

Da er sein eigenes Taxi ja eigentlich zur Werkstatt hatte bringen wollen, hatte er am Morgen den Ersatzschlüssel in die Jacke gesteckt. Der war nun Gold wert. Immer noch aufgewühlt stieg er in seinen Wagen und startete den Motor.

14

Nachdem er den Messeturm passiert hatte, meldete er sich in der Zentrale.

„Hallo Sissi. Hier Adrian. Ich fahr nach Hause. Heute Nacht ist in Frankfurt echt nichts los.“

Es knackte in der Leitung.

„Okay, Adrian. Ich hab' dich schon vermisst“, gähnte Sissi gelangweilt über den Äther.

„Ich war in Ruhe was essen. Und hab' 'ne Zigarettenpause gemacht“, log Adrian.

„Das nächste Mal meldest du dich früher.“ Sissi klang genervt. „Und im Taxi wird nicht geraucht. Dass das klar ist. Gute Nacht.“

Adrian stellte das Funkgerät ab. Er hoffte, dass Annika schlafen würde, wenn er jetzt nach Hause käme. Denn das Letzte, was er jetzt brauchte, wäre die nächtliche Neuauflage der unendlichen Diskussion über den aktuellen Stand ihrer Beziehung.

Dunkel und kalt glänzte das Wasser des Mains, als er über die Alte Brücke Richtung Sachsenhausen fuhr. Unbewusst griff Adrian in seine Hosentasche. Sein Puls begann zu rasen, als seine Finger den kühlen, gebrochenen Engelsflügel berührten. Klar und scharf stand die bizarre Waterbondage-Szene mit der halbnackten gefesselten Blondine vor seinem inneren Auge. Und Claras fassungsloser Blick, der ihn bis ins Mark getroffen hatte, bevor er aus dem unterirdischen Klärwerk geflüchtet war.

Für einen Moment stieg in Adrian ein Gefühl von Angst und Furcht hoch. Warum fuhr er nicht zur Polizei? Was hielt ihn davon ab, jetzt rational und besonnen zu reagieren? Normalerweise müsste er das, was er gesehen hatte, schleunigst zu Protokoll geben.

Der silberne Flügel brannte wie Feuer in seiner Hand. Adrian spürte, dass es Claras Blick war, der ihn zurückhielt. Der Gedanke erschreckte ihn. Sie hatte etwas in ihm ausgelöst, das ihn gefangen hielt. Und tief in sich fühlte er, dass er ihr aus unerklärlichen Gründen widerstandslos ausgeliefert war.

15

Als Adrian vorsichtig den Schlüssel im Schloss umdrehte, fuhr Annika hoch. Durch die angelehnte Schlafzimmertür beobachtete sie, wie er die Lederjacke lässig auf die Couch warf und dann in die Küche ging. Sie wartete, ob er zu ihr ins Schlafzimmer kommen würde. Doch nichts geschah.

Als der PC im Wohnzimmer hochfuhr, packte sie die kalte Wut. Heftig riss sie die Tür auf. Adrian zuckte zusammen. Er fühlte sich ertappt.

„Wo kommst du jetzt her?“ Annikas Stimme überschlug sich. „Für wen hältst du dich eigentlich?“

Schuldgefühle stiegen in Adrian hoch, und er senkte betroffen den Kopf.

„Annika, es tut mir leid. Ich hatte nervige Fahrgäste …“

Doch sie ließ ihn überhaupt nicht zu Wort kommen. Wie eine entfesselte Furie stürzte sie sich auf ihn.

„Sag, wie sie heißt“, trommelte sie mit ihren Fäusten auf seine Brust.

„Spinnst du?“ Adrian versuchte verzweifelt, Annika festzuhalten.

Doch sie ließ sich nicht beruhigen. Ihre blonden langen Locken hingen ihr wirr ins Gesicht, über das ihre Tränen wie Sturzbäche flossen. Mit einem heftigen Griff drehte er ihr Handgelenk um, um die Tobende auf Distanz zu halten. Doch sie zappelte nur umso heftiger. Plötzlich entwand sie sich seinem Griff. Adrian rutschte ab. Mit dem Ellenbogen erwischte er die geöffnete Bierflasche, die mit einem lauten Knall auf dem hellen Holzparkett in tausend Stücke zersplitterte.

Annika tobte wie eine Furie. Ihm blieb nichts anderes übrig, als sie mit Gewalt über die Scherben hinweg auf die Couch zu stemmen. Dann drückte er sie hart in die Kissen.

„Komm erst mal wieder zur Besinnung!“

Es dauerte eine Weile, bis sie ruhiger wurde. Adrian ließ sie los und griff nach seiner Jacke.

„Es ist wohl besser, ich gehe.“

„Wenn du jetzt gehst, ist es endgültig aus!“

Annikas Augen funkelten vor Wut.

Adrian senkte seinen Blick und atmete tief durch. Dann drehte er sich um und verließ wortlos die Wohnung. Als die Tür ins Schloss fiel, versank Annika in herzzerreißendes Schluchzen.

16

Enzo war nur für einen kurzen Moment überrascht.

„Wieso rufst du mich auf der Dienstnummer an? ... Handy verloren? … Was für ’ne Kacke… Klar, klingel’ unten beim

Werkschutz, ich sag Bescheid, dass sie dir aufmachen."

Zehn Minuten später saß Adrian vor einem frisch gebrühten Kaffee im abgedunkelten Rechenzentrum von „connection". Enzo, der wie immer allein war, freute sich über die willkommene Gesellschaft in seiner ansonsten recht einsamen Nachtschicht.

Wie kleine Feuerstellen flackerten die blauen Monitore der Rechner, auf denen sich riesige Datenströme wie der stetige Pulsschlag eines narkotisierten Patienten am Beatmungsgerät abzeichneten. Enzo redete und redete und redete. Und Adrian schwieg in seine Kaffeetasse.

„Eh Kumpel, dass du dein Handy verloren hast, ist natürlich richtig Scheiße. Aber die Nummern kriegst du doch locker in zwei, drei Tagen wieder zusammen, oder?"

Er knuffte Adrian aufmunternd in die Rippen. „'Ne Runde Counter-Strike zum Ablenken? Oder GTA? Oder Mafia 1930? Ist zwar für Babys, aber Drogen gegen Nutten …"

Enzo stockte, als er Adrians gequälten Blick sah. „Eh, was hat dir denn die Petersilie so heftig verhagelt? Zoff mit Annika?"

Adrian wandte sich ab. Enzo klopfte ihm aufmunternd auf die Schulter.

„Mann, die kommt wieder. Mach dir da mal keinen Kopp, die liebt dich!" Und nach einer kurzen Pause: „Soll ich dir als Tröstерchen mal ein, zwei neue Trailer mit heißen Frauen vorspielen?"

Adrian sah Enzo mit verständnislosem Blick an.

„Mann, Mann, Mann! Was ist mit dir los? Du bist ja leichenblass."

Enzo schaute besorgt auf seinen verstört wirkenden Freund. Da klingelte das Telefon.

„Sorry, Kollege. Arbeit."

Enzo drehte sich zum PC.

„Connection Support Team, Guten Abend. Mein Name ist Enzo Calderola. Was kann ich für Sie tun?“

Adrian schob den Drehstuhl zu Enzos Laptop am gegenüberliegenden Tisch und tippte seine E-Mail-Adresse bei Freemail ein. Erst mal in Ruhe E-Mails checken. Mindestens fünfzig Spams, alles gratis, Cialis, Viagra, Herzschrittmacher, Poker für lau, eine echte Rolex für 149 Euro, kyrillischer Buchstabensalat, ein paar Pornofotos. Mit einem Klick löschte Adrian den virtuellen Müll. Auf einen Chat in StudiVZ hatte er keine Lust.

„Na Kumpel, wie schaut's? Besser?“ Enzo linste grinsend über Adrians Schulter in dessen Posteingang für private Mails.

„So was wie Privatsphäre ist dir anscheinend fremd?“, murmelte Adrian.

„Eh, seit wann sind wir ins Mimosenlager gewechselt“, ätzte Enzo zurück.

Adrian schaute gequält auf.

„Sorry Kumpel, heute ist irgendwie nicht mein Tag“, entschuldigte er sich geknickt.

Dann stand er auf, um Enzo den Platz an seinem Laptop frei zu machen. Unbewusst griff Adrian in die Tasche seiner Jeans. Als er die metallenen Ringe des Amuletts spürte, schloss er für einen Moment die Augen.

Adrian zögerte und schaute Enzo lange schweigend an.

„Ähm, was war das für ein Film, den du mir damals unbedingt zeigen wolltest?“

Enzo überlegte kurz und kratzte sich am Kopf. Dann erinnerte er sich.

„Alles klar, Kollege. Wusste ich doch, dass das ganz nach deinem Geschmack war.“

Enzo knuffte Adrian freundschaftlich in die Rippen. Breit grinsend zog er den Laptop zu sich heran und tippte sein Passwort ein.

„Einer unserer Kunden hatte hier vor ein paar Monaten massiv Probleme bei der Installation der Altersverifikation für seinen Server. Dem hab ich bei der Programmierung der Authentifizierung dann geholfen. So ein blödsinniger Adult-Check für Hardcore-Filme. Ist ja in Deutschland Pflicht. Wegen Jugendschutz, damit deutsche Rechtspolitiker ein ruhiges Gewissen haben." Enzo grinste. „Was natürlich im Internet megaschwachsinnig ist. Denn dann ziehen die Server eben nach Tschechien, Russland, Brasilien oder die USA um. Dort reicht den Anbietern so was wie das ICRA-Label. Ist so eine Art virtuelle Selbstkontrolle. ‚Klicken Sie hier, dass Sie schon achtzehn sind.' Hahahaha …"

Enzo schüttelte sich vor Lachen und bestätigte den Zugang zur Videoplattform mit einem weiteren Passwort. Als der Film startete, wurde für einige Sekunden das Logo der Darling-Produktion eingeblendet. Zur Musik von Enigma leuchtete ein blau unterlegter, gebrochener Engelsflügel auf.

Adrian atmete tief durch. Der Flügel war identisch mit dem Anhänger am Amulett in seiner Hosentasche.

„Wem gehört der Server?"

Enzo zuckte mit den Achseln. „Keine Ahnung. Ich hab keinen Zugriff auf die Kundendaten. Das ist nur den Vertriebsmitarbeitern, der Buchhaltung und unserem Datenschutzbeauftragten gestattet. Ich kann höchstens mal bei verloren gegangenen Passwörtern aushelfen. Aber warte mal, ich schau' ins ‚Whois'."

Flink öffnete Enzo mit der Maus ein zweites Fenster und tippte die IP-Nummer des Rechners in eine Datenbank.

„Darling-Produktion. Als Verantwortlicher ist ein Alexander Paul eingetragen. … Du wirst es nicht glauben, der wohnt in Frankfurt, in der Elektronstraße. Das ist irgendwo in Griesheim, oder?"

Adrian nickte.

Enzo schüttelte sich vor Lachen, und seine braunen Locken, die er beim Fußball mit einem Plastikhaarreif bändigte, kringelten sich fröhlich um seinen Kopf.

„Wie spießig! In Frankfurt wohnen die Pornoproduzenten in Griesheim. Hahahaha …“

Lässig drehte er sich zu Adrian um.

„Willst du dir ein paar Trailer der Darling-Produktion ansehen? Ich muss jetzt zum Rundgang und mich unten beim Werksschutz melden. Wenn ich zurück bin, könnten wir ‘ne Runde GTA zur Entspannung durchziehen. Was meinst du?“

Adrian nickte.

Sein Freund hatte kaum den Raum verlassen, da zog ihn der erste Clip bereits tief in seinen Bann.

17

„Frauenleiche an der Griesheimer Schleuse gefunden, vermutlich ertrunken.“

Stefan Weber drehte sich zur Kommissarin um. Der müde Blick von Edith Tannhäuser fiel gerade aus den hohen Fenstern des Polizeipräsidiums auf die Adickesallee. Über dem allmorgendlichen Verkehrsstau stemmten sich die großen, hoch gewachsenen Pappeln tief gegen einen heftig an die Scheiben prasselnden Novemberregen.

„Der Tag beginnt ja richtig gut“, seufzte sie.

Stefan griff nach seiner Jacke.

„Fährst du mit raus?“

Edith nickte. Sie hatte zwar gerade erst eine heftige Bronchitis überstanden, aber ihr Schreibtisch motivierte sie nicht im Geringsten, im Büro zu bleiben. Der überquellende Posteingang, ein Berg von Akten und die Bearbeitung von mindestens hundert E-Mails auf ihrem PC mussten jetzt eben noch ein paar Stunden länger warten.

Als sie ihren langen, dunklen Winterwollmantel überzog, quälte die 51-Jährige eine heftige Hustenattacke.

„Richtig gesund klingt das nicht“, kommentierte die Sekretärin leicht schnippisch das Gebell ihrer Chefin.

Als Edith sie durchdringend anblickte, schaute sie pikiert zur Seite.

„War ja nur gut gemeint“, murmelte sie und griff zur Kaffeetasse.

Edith liebte und hasste Frankfurt. Die Stadt war ein Moloch. Ein Durchlauferhitzer, der Menschen zunehmend schneller anzog und noch schneller wieder ausspuckte. Gott sei Dank war das Wetter meist so schlecht wie ihre Laune. Dann musste sie sich nicht dafür rechtfertigen, warum sie trotz ihres vorhersagbaren Missmuts in Frankfurt geblieben war.

Nach knapp dreißig Jahren bei der Polizei gingen ihr die Menschen in dieser Stadt mit ihrer einfältigen Vielfalt an Lügen allerdings zunehmend auf den Geist. Neid, Gier, Missgunst, Eifersucht – die Liste der Motive für schwere Straftaten war nach Ediths Auffassung relativ überschaubar. Die Art und Weise, wie Menschen ihren Mitmenschen auf den Leib rückten, überraschte die Kommissarin dagegen immer wieder aufs Neue.

Als Edith Tannhäuser und Stefan Weber kurz vor zehn am Schwanheimer Ufer ankamen, waren die Kollegen der Spurensicherung schon sichtlich zugange.

„Gibt es Zeugen?"

Edith schaute den Polizisten, der gerade großräumig mit einem weiß-rot gestreiften Plastikband das Mainufer absperrte, fragend an. Der zuckte mit den Achseln und deutete auf einen Kollegen.

„Hallo Gerold", begrüßte Edith den Chef der Spurensicherung. „Kannst du mir schon was zur Toten sagen?"

„Wenig. Eine junge Frau, ca. 22 bis 25 Jahre alt, voll bekleidet, lange blonde Haare. Keine Papiere. Vom Zustand der Leiche auf die Todeszeit zu schließen, ist nicht ganz leicht; ich vermute mal, dass sie nicht länger als 24 Stunden tot ist. Ob das ein Selbstmord oder ein Gewaltverbrechen war, soll die Forensik klären."

„Wer hat sie gefunden?"

Gerold Hahn zeigte auf einen circa sechzig Jahre alten Spaziergänger mit Hut, der gerade von einer jungen Polizistin zu seinen Personalien befragt wurde. Zu den Füßen des Mannes saß diszipliniert ein hübscher brauner Jagdhund.

„Der Hund ist hier durchs Gebüsch gestromert und hat die Leiche gefunden."

Edith nickte.

„Können wir die Tote sehen?"

„Klar."

Gerold Hahn drehte sich um. Niedergetretenes Gestrüpp markierte den Weg zur Fundstelle. Trotz strömenden Regens klickte die Kamera des Polizeifotografen unablässig.

Vorsichtig streifte sich der Chef der Spurensicherung Plastikhandschuhe über und drehte die Leiche um.

Edith schaute aufmerksam an der Toten herab. Schwarze Bluse, schwarzer Minirock und rote Stiefeletten. Wirr hingen die nassen, blonden Haare verschlungen um Schultern und Gesicht.

„Was ist das?“

Edith deutete auf zwei gerötete Druckstellen am Hals und den Handgelenken.

Gerold Hahn zuckte mit den Achseln.

„Keine Ahnung. Sind definitiv keine Schürfspuren aus der Schleuse. Und Würgemale sehen anders aus“, stellte er fachmännisch fest. Dann schaute er fragend zu den beiden Kommissaren.

„Ohne Mantel ist sie für einen so kalten, verregneten Novembertag schlicht zu dünn angezogen, oder?“, stellte Edith lakonisch fest.

Gerold nickte.

„Sieht nicht wirklich nach einem geplanten Spaziergang am Main aus.“

Edith hustete. Dann drehte sie sich zu ihrem Kollegen um.

„Stefan, kümmere dich bitte um die Zeugenaussage. Und besorgt mir ein brauchbares Foto von der Toten. Ich fahre zurück, sonst liege ich morgen für den Rest der Woche wieder flach.“

18

Vorsichtig öffnete Adrian die Augen. Irgendwie fehlte ihm für einen Augenblick die Orientierung. Dann sickerte die vergangene Nacht hart und heftig in sein Bewusstsein zurück. Enzo hatte ihm heute Morgen nach der Schicht spontan angeboten, in seiner Wohnung zu übernachten. Was außer dem Streit mit

Annika davor geschehen war, darüber hatte Adrian allerdings geschwiegen.

Er sah auf seine Uhr. Es war kurz vor elf. Um vier begann seine nächste Taxischicht.

Ruckartig zog er den schweren Vorhang vom Fenster zurück. Helles Tageslicht flutete von der Sonnemannstraße ins wilde Durcheinander von Enzos Wohnzimmer. Wuchtig lag die alte Großmarkthalle auf der anderen Straßenseite, geschützt durch einen mannshohen Metallzaun. Geblendet zog Adrian sich ins Halbdunkel zurück.

Er angelte sich seine halbleere Zigarettenschachtel aus der Lederjacke. Nach dem ersten tiefen Zug an der Marlboro klarte das Nikotin das Durcheinander in seinem Kopf auf. Er griff nach seiner Jeans, die er im Morgengrauen auf den abgewetzten Dielenboden hatte fallen lassen, und suchte gedankenverloren nach seinem Motorola. Doch dann fiel ihm ein, dass er das Telefon vergangene Nacht im Niederräder Klärwerk verloren hatte. Wahrscheinlich war es in den schmutzig braunen Fluten der Sickerwassergräben für immer versunken.

Für einen Moment fühlte Adrian sich hilflos. Er grübelte. Wie sollte er ohne Handy die Telefongesellschaft über den Verlust des Geräts informieren?

„Na, ausgeschlafen?"

Enzo rieb sich verschlafen die Augen und fuhr mit seinen Händen lässig durch seine verwuschelte Lockenpracht. Adrian nickte.

„Ich mach' uns mal zwei Espresso", verkündete der Deutsch-Italiener fröhlich und tapste pfeifend in die Küche.

Es dauerte weniger als eine Minute, bis der Geruch von frisch gebrühtem Kaffee durch die heruntergekommene Altbauwohnung in der Sonnemannstraße zog.

„Fang!“

Enzo warf ihm ein völlig zerkratztes Nokia zu, doch Adrian reagierte viel zu phlegmatisch. Mit einem Knall schlitterte das Handy über die abgewetzten Dielen und stoppte erst am Übertopf eines völlig verstaubten Gummibaums.

„Spinnst du!“, herrschte Adrian seinen Freund an. Enzo lachte.

„Komm mal vom Ast und relax, mein Guter. Das ist das Prepaid meiner letzten Flamme.“ Feixend fuhr er fort: „Ich statte die Mädels immer mit einem Gratis-Handy aus. Dann können sie mich kostenlos anrufen. Auf dem Ding ist sicher noch ein Guthaben von 20 Euro.“ Enzo grinste immer noch bis über beide Ohren. „Die Letzte war leider nicht sonderlich kommunikativ, Compadre.“

Adrian überlegte, ob er seinem Freund die Geschichte der vergangenen Nacht anvertrauen sollte. Nachdenklich drückte er die Zigarette im Aschenbecher aus.

„Kann ich ins Bad? Ich muss dann weg, Taxischicht“, fragte er zögerlich.

Sein Freund nickte.

Als Adrian zehn Minuten später mit nassen Haaren und Handtuch um den Hüften aus dem Bad zurückkehrte, wühlte sich Enzo hektisch durch ein Dutzend Schuhkartons.

„Hier, Kumpel!“ Strahlend hielt er Adrian den Zweitschlüssel der Wohnung hin.

„Falls Annika länger zickt, kannst du als ‚House-and-Flower-Sitter’ die nächsten Tage hier abtauchen und meine Pflanzen gießen. Hab nämlich ab morgen Urlaub bis Sonntag. Meine Mama feiert morgen ihren Sechzigsten. Und da ist Präsenz vom Sohnemann in München erwünscht.“

Als Adrian sich bei Enzo bedanken wollte, wimmelte der mit breit ausgestreckten Händen ab.

„Lass stecken, Kollege. Hättest du sicher auch für mich getan.“

Dann verschwand er fröhlich pfeifend mit einer Zigarette im Badezimmer.

19

Der Aktenberg auf Edith Tannhäusers Schreibtisch war während des Trips an den Main nicht kleiner geworden. Ihre Sekretärin schien das jedoch nicht sonderlich zu stören, denn sie telefonierte gerade fröhlich mit einer Freundin. Gnadenlos hechelten sie die Bekanntschaften der vergangenen Nacht durch.

Ediths Blick fiel auf ihre Grünpflanzen am Fenster, die trübe die Blätter hängen ließen. Auf den Gedanken, die armen Dinger während ihrer Krankheit mal zu gießen, war anscheinend niemand gekommen.

„Lassen Sie sich nicht stören, Frau Müller“, flötete Edith mit einem ironischen Lächeln in Richtung Sekretärin. „Wenn Sie mit Ihrer Freundin und dem jungen Mann fertig sind, kümmern wird uns ein bisschen um die Post da vorne im Körbchen, okay?“

Der Sekretärin schoss das Blut in den Kopf wie einem Teenager, der beim Ladendiebstahl auf der Zeil erwischt worden war.

„Entschuldigung“, murmelte sie. Mit einem „Ich ruf dich gleich zurück“, legte sie den Hörer auf und wandte sich dienstbeflissen ihrer Chefin zu.

„Gibt es eine aktuelle Vermisstenanzeige?“, fragte Edith.

„Keine, die auf die ertrunkene Tote aus dem Main passt.“

Edith zog die rechte Augenbraue hoch.

„Bitte?“, fragte sie. „Woher wissen Sie das?“

„BILD hat schon angerufen. Der Chef vom Dienst will wissen, wann die Pressekonferenz zur Toten aus der Schleuse stattfindet.“

Edith spürte, wie kalte Wut in ihr hochstieg. Sie knallte die grüne Plastikgießkanne, die sie gerade vom Fensterbrett genommen hatte, heftig auf ihren Schreibtisch.

„Von wem in dieser bekloppten Stadt bin ich eigentlich nicht die Marionette?“, polterte sie los. Dann setzte eine heftige Hustenattacke sie erst mal außer Gefecht. Der verständnislose Blick von Silke Müller war genau das, was ihr jetzt noch gefehlt hatte zu ihrem Glück.

Als der Husten abebbte, griff sie zum Telefonhörer und wählte die Mobilnummer von Sissi Wagner, der Chefin vom Taxifunk.

„Hallo Sissi … Ja, bin wieder fit … na ja, fast“, keuchte Edith ziemlich außer Atem. „Aber du klingst auch irgendwie müde? …Doppelschicht? …Zu wenig Personal? … Puh, wem sagst du das.“

Seit mehr als zwanzig Jahren, als sie nach einem Mord an einem Taxifahrer im Milieu ermittelt hatte, war sie mit Sissi Wagner befreundet. Beide waren sich damals spontan sympathisch gewesen. Denn beide teilten das gleiche Schicksal, ihre Jobs diszipliniert und resolut organisieren zu müssen. Auch Sissi war aus beruflichen Gründen nach Frankfurt gezogen. Und aus der vorübergehenden Durchgangsstation war so etwas wie Heimat geworden.

„Rufst du wegen der ertrunkenen Frau an?“, fragte Sissi.

Edith war verblüfft.

„Anscheinend bin ich heute Morgen ausschließlich von Hellsehern umgeben."

Die Kommissarin schmollte.

„Was ist los mit dir, Edith? Bist du mal wieder schlecht gelaunt? Welche Läuseherde ist dir denn diesmal über die Leber gelaufen? Schalt doch einfach mal dein Radio ein", unterbrach Sissi das Grummeln der Kommissarin. „Die Geschichte von der Mainleiche läuft seit mindestens neun Uhr alle halbe Stunde bei jedem Radiosender in dieser Stadt rauf und runter."

Edith seufzte. Es war immer das gleiche Spiel mit den Frankfurter Medien. Wobei der Druck, Auflage und Quote zu machen, deutlich zugenommen hatte. Und das Katz-und-Maus-Spiel um Informationen und Schlagzeilen zunehmend zugunsten der Medien ausging.

„Ich frag' nachher mal die Fahrer, ob einer die Frau gestern Abend gefahren hat. Dann rufe ich zurück." Sissi klang versöhnlich. „Aber wenn ich dich schon an der Strippe habe, was hältst du davon, wenn wir übermorgen mal wieder in Sachsenhausen ins Fichtekränzi zum Ebbelwoi gehen?"

Edith nickte. „Gute Idee. Dann bis später." Dann legte sie auf.

„Könnten Sie bitte die Briefe hier abzeichnen?"

Silke hatte während des Telefonats direkt hinter der Kommissarin gestanden. Gelangweilt hielt sie ihr nun die schwarze, in Leder gebundene Unterschriftenmappe hin. Erneut quälte Edith eine heftige Hustenattacke. Der trübe Büroalltag im Frankfurter Polizeipräsidium hatte sie zurück.

20

Das Kreuz schmerzte, als Anneliese Schulz sich ächzend bückte, um die Tageszeitung vor Karl Blums Haustür aufzuheben. Dann öffnete sie den Briefkasten und stutzte. Weniger über die beiden Briefe und die Wurfsendung des Pizzaservice, sondern mehr über den Autoschlüssel, der ihr entgegenfiel. Verwundert schloss sie die Haustür von Karls Wohnung auf.

Ihr weißer Zwergpudel sprang aufgeregt kläffend um sie herum.

„Fuzzi! Lass das gefälligst!" Mit energischer Stimme schnauzte sie das Tier an. Sie fühlte sich total zerschlagen. Und Schuld an ihrer schlechten Laune hatte allein der Hund. Denn er hatte sie vergangene Nacht zweimal laut bellend geweckt.

„Einbrecher", war ihr erster Gedanke gewesen, als Fuzzi um halb zwölf das erste Mal heftig angeschlagen hatte. Schlaftrunken hatte sie sich aus dem Bett zum Fenster gequält. Durch die nur halb geschlossenen Fensterläden sah sie einen jungen Mann mit schwarzen, gegelten Haaren und dunkler Lederjacke durch den Vorgarten ihres Nachbarn Karl Blum hasten. Dann war er in eine der beiden Taxen gestiegen, die vor dem Haus geparkt waren.

Merkwürdig, dachte Anneliese verwundert. So spät hatte Karl eigentlich nie Besuch von Kollegen.

Als der Hund das zweite Mal anschlug, war es halb drei. Anneliese brauchte eine Weile, um sich aus dem Tiefschlaf in der Dunkelheit ihres Schlafzimmers zu orientieren. Ohne Brille konnte sie nur mühsam die Uhrzeit auf dem LCD ihres Radioweckers entziffern.

„Fuzzi! Sei still!“

Erbost setzte sie sich im Bett auf.

Doch der Zwergpudel tobte wie ein Verrückter durchs Erdgeschoss.

Mühsam quälte Anneliese sich aus dem Bett. Schlaftrunken tastete sie auf dem Vorleger nach ihren Hausschuhen, dann schlurfte sie zum Fenster. Die Friedrich-Naumann-Straße lag ruhig und verlassen im Licht der spärlichen Straßenbeleuchtung. Nichts Auffälliges zu sehen.

„Du blöder Hund.“

Anneliese Schulz ärgerte sich.

„Fuzzi, komm sofort her!“

Laut und hart schallte ihr Befehlston durch das Haus. Es dauerte jedoch eine Weile, bis der am ganzen Leibe zitternde Pudel widerwillig ins Schlafzimmer gewetzt kam. Erwartungsfroh wedelte das Tier mit dem Schwanz.

Doch Anneliese Schulz kannte kein Erbarmen. Mit einem geübten Griff schnappte sie das heftig winselnde Tier. Ihre fleischigen Oberarme umklammerten den Hund wie eine Schraubzwinge und drückten ihn in die Kissen ihres Doppelbetts. Dort war hinreichend Platz, seit ihr Mann vor zwei Jahren gestorben war. Jaulend ergab sich Fuzzi in sein unbequemes Schicksal.

Doch nun war Anneliese hellwach. Alle möglichen Gedanken schossen ihr durch den Kopf. Es dauerte bis in die frühen Morgenstunden, bis sie endlich erschöpft einschlafen konnte.

Als sie erwachte, war es bereits taghell. Mühsam quälte sie sich aus ihrem Bett und fühlte sich total zerschlagen. Und wie in der vergangenen Nacht spielte der Hund erneut verrückt. Anneliese ging die Treppe hinab, um die heftig bellende Nervensäge in den Vorgarten zu lassen.

Ihr Blick fiel auf die Küchenuhr. Meine Güte, halb zwölf! Der Tag war komplett hinüber. Was würden nur die Nachbarn von ihr denken, wenn sie erst um die Mittagszeit die Bettwäsche lüftete?

Da bemerkte sie, dass die Frankfurter Neue Presse völlig durchnässt auf der Treppe vor Karls Haus lag. Anneliese stutzte. Normalerweise saß ihr Nachbar, bei dem sie seit Jahren regelmäßig putzte, um diese Zeit schon lange im Taxi. Doch sein Wagen stand immer noch vor der Haustür.

Vielleicht war Karl krank? Oder brauchte Hilfe? Anneliese ging zum Telefon und wählte die Nummer ihres Nachbarn. Irgendwie überkam sie ein ungutes Gefühl. Was, wenn er nur verschlafen hatte und sie ihn jetzt ohne Not weckte? Immerhin hatte er gestern Abend Besuch von einem Kollegen gehabt. Das wäre ihr dann ausgesprochen peinlich, wenn Karl ihre Sorge jetzt missverstehen würde. Andererseits war ihr Nachbar immer pflichtbewusst und im Prinzip nicht der Typ, der einfach mal einen halben Arbeitstag verschlief.

Sie ließ es zehn, elf, zwölf Mal klingeln. Doch Karl ging nicht dran, und auch der Anrufbeantworter sprang nicht an. Langsam wurde Anneliese nervös. Irgendwas war nicht in Ordnung, denn der Taxifahrer schaltete immer, wenn er aus dem Haus ging, den Anrufbeantworter ein, um für die Wünsche seiner Stammkunden rund um die Uhr erreichbar zu sein, das wusste sie.

Auf dem Weg durch die Küche nahm sie den Zweitschlüssel von Karls Wohnung vom Brett. Er hatte ihr nach dem Tod seiner Mutter einen Haustürschlüssel gegeben, damit sie putzen konnte, wenn er Schicht hatte. Reine Vertrauenssache, hatte er ihr versichert. Und Anneliese erfüllte den Job mit allergrößter hausfraulicher Sorgfalt. Sie war Karl Blum dankbar, nicht nur, weil er ihr die Gelegenheit gab, ihre Rente etwas aufzubessern, sondern auch, weil er ihr das Gefühl vermittelte, nützlich zu sein.

Manchmal, wenn sie morgens Fuzzi in den Vorgarten ließ, reichte Karl ihr die schon gelesene Tageszeitung über den Zaun und plauderte über dies und das, was ihn gerade so bewegte. Anneliese hatte schon Karls Mutter gut gekannt. Er hatte sie trotz seiner anstrengenden Schichten aufopfernd bis zu ihrem Tode vor drei Jahren gepflegt. Karl ist wirklich ein guter Mensch, dachte sie. Allein schon deshalb, weil er immer so freundlich und zuvorkommend grüßte. Irgendwie schade, dass so ein anständiger Mann keine passende Frau findet, die ihn heiratet.

Der Regen wollte heute Morgen einfach nicht aufhören. Leichtes Frösteln ergriff die resolute Nachbarin. Anneliese griff energisch zu ihrer rosa Angora-Strickjacke und trat vor die Tür, um bei ihrem Nachbarn nach dem Rechten zu sehen.

21

„Hier, die ersten Fakten über unsere Wasserleiche."

Stefan Weber legte drei eng beschriebene Seiten Papier auf Ediths Schreibtisch.

„Ach übrigens, Dr. Ullrich hat heute Nachmittag um vier Zeit für das Ergebnis der Obduktion. Kommst du mit ins Institut für Rechtsmedizin?"

Edith nickte und überflog den Bogen.

„Keine Vermisstenmeldung?"

Stefan schüttelte den Kopf.

„Was ist mit der Kleidung?"

„Kaufhausware. Die Schuhe sind von Street & Shoes. Nichts Besonderes."

Edith stutzte.

„Woher weißt du, dass die Schuhe von Street & Shoes sind?“

Stefan hob ein Foto aus einem Stapel frischer Abzüge und pinnte die Vergrößerung an die Wand.

„Schau. Anscheinend hat die Tote die Stiefeletten gerade erst gekauft. Unter dem linken Schuh klebt noch das eingerissene Etikett. Außerdem sind die Sohlen nicht abgelaufen.“

Edith schaute auf das Foto der Schuhe.

„Wie viele Schuhgeschäfte von dieser Kette gibt es in Frankfurt?“, fragte sie Stefan.

Er schaute sie konsterniert an.

„Och nö, Edith. Das ist nicht dein Ernst, oder?“

„Hast du einen besseren Plan?“

Edith schaute den Kollegen fragend an.

„Es sind ja bestimmt nur vier, fünf Geschäfte in Frankfurt. Ich kenne das auf der Zeil, dann gibt's noch eins im Nord-West-Zentrum und eins im Hessen-Center. Schau mal nach, ob das alle sind oder ob wir welche vergessen haben. Und vielleicht beziehst du, um sicherzugehen, auch Offenbach mit ein“, schlug sie versöhnlich lächelnd vor. „Nimm ein Foto von dem Mädchen mit. Vielleicht kann sich ja eine der Verkäuferinnen an sie erinnern? Und ich brauche die Videoaufzeichnungen der vergangenen 48 Stunden von allen Filialen von Street & Shoes. Okay? Wir sehen uns dann heute Nachmittag in der Pathologie.“

Silke Müller schaute Stefan Weber sehnsüchtig nach, als er sichtlich genervt das Büro verließ.

„Möchten Sie ihn begleiten?“, fragte Edith die Sekretärin süffisant, die puterrot anlief.

„Frau Müller, Herr Weber hat einen dienstlichen Auftrag. Er geht nicht zum Vergnügen bei Street & Shoes shoppen.“

Edith blickte genervt über ihre Lesebrille, die ihr das Aussehen einer strengen Englischlehrerin verlieh. Dann überflog sie die Zeugenaussage des Mannes, der die Leiche gefunden hatte.

Es war offensichtlich, dass er nichts mit dem ertrunkenen Mädchen zu tun hatte.

Überhaupt gab es wenig ergiebige Spuren. Denn der starke Regen der vergangenen Nacht hatte das Mainufer komplett aufgeweicht. Edith schaute auf ihre verdreckten Lederhalbschuhe. Die roten Stiefeletten auf dem Foto sahen dagegen aus wie geleckt. Nur nass, aber nicht schmutzig. Edith lehnte sich zurück. Die Tote war nicht am Mainufer zur Griesheimer Schleuse gelaufen und dann ins Wasser gefallen. Sie musste weiter mainaufwärts, in Goldstein oder Niederrad oder vielleicht sogar schon in Sachsenhausen, von einer Brücke oder dem Theodor-Stern-Kai ins Wasser gesprungen sein. Oder gefallen? Oder gestoßen?

Edith drehte sich zu ihrer Sekretärin um, die neugierig über ihre Schulter auf die Fotos linste.

„Die Schuhe sind trendy", stellte Silke Müller mit Kennerblick fest. „Auch wenn sie billig aussehen. Meinen Sie nicht?"

Edith war im Gegensatz zu ihrer Sekretärin keine routinierte Schuhkäuferin. Es war ihr im Prinzip auch egal. Sie kaufte alle drei bis vier Monate ein paar gut sitzende, praktische, robuste Lederhalbschuhe, in denen sie problemlos laufen und stehen konnte und die zu ihren klassischen Hosenanzügen passten. Röcke waren der Kommissarin dagegen ein Gräuel. Sie empfand ihre Waden als zu dick. Deshalb waren auch Kleider passé. Die waren ihrer Meinung nach störender Firlefanz im Job. Punkt. Ihre Sekretärin zählte dagegen zu den Frauen, die sicher Hunderte von Schuhen inklusive der dazu passenden Kostüme und Blusen im Kleiderschrank hortete.

„Wie meinen Sie?", fragte die Kommissarin.

„Die Kombination aus roten Stiefeletten und schwarzem Mini sieht nuttig aus", stellte Silke Müller fachmännisch fest. Dann griff sie nach ihrer Kaffeetasse. „Ich geh dann mal mit den Kollegen von der Wirtschaftskriminalität Mittag machen", sagte sie mit schnippischem Unterton und entschwand Richtung Kantine.

Edith blickte auf ihre Armbanduhr. Es war fast zwölf. Wie die Zeit heute Morgen verflogen war. Sie beugte sich seufzend über den Aktenberg, der in den vergangenen Wochen liegen geblieben war.

22

Adrian stieg ins Taxi und schaltete das Radio ein. Auf House-Musik von SkyFM hatte er bei Tageslicht keine Lust. Auf FFH lief „Glaubst du mir" von Sabrina Setlur. Er mochte den Song der Rödelheimerin immer noch.

Annika hatte sich immer wieder über seinen Musikgeschmack lustig gemacht. Auch das war ein Grund, warum Adrian dem Taxifahren viel abgewinnen konnte. Wenn er allein im Wagen saß, genoss er die Musik, die ihm gefiel und zu Frankfurt passte. Denn die Stadt pulsierte, trieb an. Trotz aller Kälte und Oberflächlichkeit vermittelte sie ihm eine Art Lebensgefühl, das sich aus einer ständigen Bewegung heraus speiste. Da Annika immer öfter Witze über seine Gefühle machte, vermied er es zunehmend, mit ihr über seine Gedanken zu reden.

Einem Impuls folgend schaltete er zu den Nachrichten von Radio FFH. Kaum war der Jingle verklungen, ratterte der Moderator im Stakkato durch die Schlagzeilen des Tages.

„Junge Frau begeht Selbstmord in Griesheimer Schleuse. Tarifverhandlungen zwischen Transnet und Bahn ins Stocken geraten. Und jetzt das Wetter. Es bleibt auch die nächsten Tage trüb und regnerisch bei sechs bis acht Grad."

Adrian fühlte das Blut heftig durch seine Ohren pulsieren. Selbstmord in der Griesheimer Schleuse. Der Satz hatte ihn erstarren lassen. Intuitiv fühlte er, dass damit Patricia gemeint war. Nur dass es definitiv kein Selbstmord war. Seine Gedanken schweiften zurück zur vergangenen Nacht. Er wollte verdammt noch mal die quälenden Bilder aus seinem Kopf bekommen.

In seiner Hosentasche brannte das Amulett wie Feuer. Als er den silbernen Handy-Schmuck herauszog, empfand er den Engelsflügel plötzlich als Kompass seines Lebens.

Abrupt wendete er das Taxi an der Schönen Aussicht und fuhr am Mainufer Richtung Westhafen. Er würde Clara Sander zur Rede stellen. Sie sollte mit ihm zur Polizei gehen und aussagen. Denn der Tod des Mädchens war kein Selbstmord. Adrian war fest entschlossen, der Wahrheit ans Tageslicht zu verhelfen.

23

„Fuzzi! Komm sofort her!" Laut kläffend war der Zwergpudel die Treppe hoch in den ersten Stock gefegt, nachdem Anneliese Schulz die Haustür von Karls Wohnung aufgeschlossen hatte. Der Köter ging ihr heute mächtig auf den Zeiger. Was war nur mit dem Hund los?

„Karl?"

Totenstille umfing die fürsorgliche Nachbarin im Flur von Karl Blums Häuschen in der Kuhwaldsiedlung. Der Teppich kräuselte sich in breiten Wellen vor der Treppe, die nach oben führte. Was für eine Unordnung, wunderte sich Anneliese und zog den Läufer glatt. Dann schüttelte sie die Teppichfransen akkurat in Reih und Glied. Zufrieden ging sie in die Küche. Auf dem Tisch lag eine angebrochene Packung Zwieback neben ein paar Teebeuteln. Auf der Spüle stand der sichtlich unbenutzte Wasserkocher.

Merkwürdig, wunderte sich Anneliese. Karl trank Tee wirklich nur, wenn er ernsthaft erkrankt war.

„Karl? Karl!“, rief sie durchs Haus.

Doch es blieb still. Bis auf Fuzzi, der im ersten Stock aufgeregt bellte, knurrte und an einer Tür kratzte.

Anneliese kehrte in den Flur zurück. Auf dem Beistelltisch neben der Garderobe stand das Telefon. Der Anrufbeantworter war ausgeschaltet. Karl müsste also zu Hause sein.

Mühsam erklomm sie die steile Treppe hinauf in den ersten Stock. Die Häuser im Kuhwald waren alle gleich eng und geduckt gebaut. Auch der Zuschnitt der Häuser in der Siedlung war überall identisch. Im ersten Stock gab es nur zwei Schlafzimmer, ein größeres und ein kleineres, und auf der anderen Seite vom Flur das Badezimmer. Wer handwerklich begabt war, baute unter dem Dach die Bodenkammer für weitere Kinder oder zum Hobbyraum aus.

Anneliese grübelte. Wo mochte Karl hingegangen sein? Vielleicht war er zum Arzt gegangen und sie hatte ihn, weil sie verschlafen hatte, einfach nur verpasst?

Fuzzi tobte wie ein Berserker vor der verschlossenen Schlafzimmertür.

Anneliese drückte die Klinke herab und prallte zurück. Heiße, stickige Luft schlug ihr entgegen. Die Heizung war auf mindestens 25 Grad hochgedreht.

„Karl? Schläfst du?“, fragte sie vorsichtig ins abgedunkelte Zimmer hinein. Ohne eine Antwort abzuwarten, knipste sie das Licht an. Anneliese erschrak zu Tode. Leichenblass lag ihr Nachbar auf dem zerwühlten Bett. Als sie ihn berührte, spürte sie seine Leblosigkeit.

„Oh mein Gott“, entfuhr es ihr. „Nein, nein! Karl!“

Sie schüttelte ihn. Eine lange graue Haarsträhne löste sich von seinem Kopf und fiel über sein graues Gesicht. Anneliese schnappte fassungslos nach Luft. Nur jetzt nicht übergeben, dachte sie. Eilig lief sie die Treppe hinab zum Telefon und wählte mit fliegenden Fingern den Notruf. Dann spürte sie, wie ihre Beine ihr den Dienst versagen wollten. Mit letzter Kraft schleppte sie sich in die Küche auf einen Holzschemel und brach in Tränen aus.

24

„Ja, hallo? Wer ist da?“

Adrian zuckte, als er Claras Stimme durch die Gegensprechanlage hörte.

„Der Taxifahrer“, antwortete er so gefasst, wie er nur konnte.

Für einen Moment war es still. Dann hörte er das Summen des Türöffners.

„Dritter Stock.“

Innen sah das Treppenhaus des heruntergekommenen Mietshauses deutlich moderner und freundlicher aus, als er von außen vermutet hätte. Clara öffnete die Tür. Sie war ungeschminkt und wirkte im Vergleich zur letzten Nacht sichtlich angespannt.

„Sie haben gestern etwas verloren."

Adrian zog das Amulett aus seiner Hosentasche. Die silbernen Ringe und der Engelsflügel klimperten an dem dünnen Lederband. Clara schaute ihn mit großen Augen erstaunt an. Dann griff sie hastig nach dem Schmuck. Doch sein Reflex war besser.

„Sie schulden mir eine Erklärung", forderte Adrian und stellte den Fuß in die Tür.

Clara zuckte zusammen. Doch dann gewann ihre Selbstbeherrschung wieder die Oberhand.

„Es war ein Unfall. Das wissen Sie", fuhr sie ihn schroff an.

Als Adrian keine Anstalten machte, ihr das Schmuckstück auszuhändigen, öffnete sie die Tür.

„Kommen Sie rein. Dann können wir über das, was gestern Nacht geschehen ist, reden."

Adrian folgte ihr in ein ausgesprochen modern und geschmackvoll eingerichtetes Wohnzimmer. Die teuren Möbel passten überhaupt nicht zu dem abgewirtschafteten Mietshaus.

„Setzen Sie sich."

Clara bot ihm mit einer lässigen Handbewegung einen Platz auf der breiten bequemen Ledercouch an.

„Etwas zu trinken? Wasser? Kaffee?"

Adrian schüttelte den Kopf. Dann musterte er die Frau im schwarzen Rollkragenpullover und der eng geschnittenen Jeans. Die dunklen, frisch gewaschenen Haare umspielten ihr markantes Profil, in dem die graublauen Augen alle anderen Gesichtszüge dominierten.

„Hören Sie", lenkte sie verbindlich ein, „es war ein Unfall."

Adrian lachte kurz und trocken auf.

„Ein Unfall? Machen Sie Witze? Das war kein Unfall, sondern mindestens Totschlag", stellte er eisig fest. „Wir gehen jetzt zusammen zur Polizei und erzählen, was vergangene Nacht im Niederräder Klärwerk passiert ist."

Clara schluckte. Dann brach es unvermittelt aus ihr heraus.

„Patricia würde noch leben, wenn Sie gestern Abend nicht zu spät gekommen wären!"

Adrian fühlte sich wie ein Boxer nach einem unerwarteten Tiefschlag und rang nach Luft.

„Das ist das Allerletzte!"

Wütend sprang er von der Ledercouch auf.

Clara senkte ihre Stimme und schaute über Adrian hinweg aus dem Fenster. „Das Mädchen hatte meinen Dreh übernommen, weil ich zu spät war."

Ihr Satz durchfloss ihn wie flüssiges Eis. Für einen Moment sackte er zusammen.

„Oh", brachte er nur heraus.

Mit der linken Hand machte die Frau eine wegwerfende Handbewegung.

„Vergessen Sie's. Vorbei. Es ist nicht zu ändern. Sie können nichts für den wahnsinnigen Zeitdruck beim Auf- und Abbau der Anlagen für die Videos. Dadurch passieren eben auch Fehler."

Clara zuckte mit den Schultern.

Adrian schluckte. Der Tod als Webfehler im System, das war makaber. Betroffen stand er auf und ging zur Tür.

„Ich fahre dann mal zur Polizei."

„Nein!"

Clara sprang auf und stellte sich ihm in den Weg. Er roch ihr Parfüm. Wie in der vergangenen Nacht war er für einen Moment irritiert.

„Geben Sie mir mein Amulett zurück. Es gehört Ihnen nicht."

Hart und energisch forderte Clara die Rückgabe ihres Schmucks.

Adrian schaute sie wortlos an. Dann legte er den silbernen Engelsflügel auf den polierten Lacktisch. Wie eine Ertrinkende griff sie nach dem Lederband. Sichtlich erleichtert atmete sie auf.

„Wie viel kostet es, damit Sie den Vorfall auf sich beruhen lassen? 2000 Euro? 5000 Euro?"

Adrian zuckte. In ihm stieg ein Zorn hoch, der sich kaum bändigen ließ.

„Ich bin nicht käuflich!"

Clara lachte spöttisch.

„Jeder Mensch hat seinen Preis."

Adrian zögerte. Ihre klare, überlegene Stimme ließ ihn erneut den Blick senken. Unschlüssig stand er vor der Frau.

„Hören Sie, es war wirklich ein Unfall. Wenn Sie jetzt zur Polizei gehen, wird Patricia davon auch nicht wieder lebendig", insistierte Clara.

Adrian wich ihrem Blick aus.

„Haben Sie Angst ums Geschäft? Um die Darling-Produktion?", fragte er provozierend.

Für den Bruchteil einer Sekunde spürte Adrian, dass er den wunden Punkt getroffen hatte.

„Die Darling-Produktion ist mein Leben", schoss es hart und unvermittelt aus ihr heraus. „Und mein Leben lasse ich mir von nichts und niemandem kaputt machen."

Unversöhnlich stand der Satz zwischen ihnen im Raum.

Adrian sah verlegen auf den weißen Berberteppich, der jeden seiner Schritte schon beim Hereinkommen verschluckt hatte. Was sollte er ihr jetzt sagen? Dass er die Video-Trailer der Darling-Produktion im Internet gesehen hatte? Dass er gesehen hatte, wie Frauen Männer und Männer Frauen demütigten? Und dass diese Filme nach der vergangenen Nacht im Niederräder Klärwerk in ihm ausgesprochen gemischte Gefühle ausgelöst hatten?

Als ob sie Gedanken lesen könnte, schaute Clara ihn mit großen Augen an.

„Ich setze nur in Bilder um, was andere Menschen sich nicht trauen, offen auszusprechen. Mehr ist es nicht."

„Scheint zumindest eine ertragreiche Geschäftsphilosophie zu sein."

Adrians Kritik klang zynisch.

„Sie sollten nicht so selbstgerecht urteilen", erwiderte Clara mit bebender Stimme. „Der Lack der Zivilisation ist äußerst dünn. Menschen, die ihre Obsessionen virtuell ausleben, sind mir lieber als Menschen, die sich im realen Leben an Partnern oder Kindern vergehen."

Adrian blieb die Luft weg.

„Verstehe ich das richtig? Sie sind also eine Art moderne Mutter Teresa. Nur in einem anderen Geschäftsbereich? Herzlichen Glückwunsch!", ätzte er.

Clara musterte ihn mitleidig.

„Kommen Sie runter von Ihrem hohen Ross. Was glauben Sie, wie viele Leute sich heutzutage solche Filme ansehen, um von ihrem unmenschlichen Alltag zu entspannen? Die meisten Menschen leben in so brutalen Job- und Beziehungskorsetts, da ist das, was ich produziere, im Vergleich harmlos."

„Dummes Marketing-Geschwätz als Rechtfertigung!", konterte Adrian kühl. „Hören Sie, wir reden doch nicht über den Verkauf von Rheumadecken auf Butterfahrten! Sie produzieren Gewalt, um Gewalt zu verhindern? Das ist nicht normal, das ist krank! Einfach nur krank!"

Adrian schob Clara energisch zur Seite und ging zur Tür. Doch sie klammerte sich an seinen Arm.

„Warten Sie. Lassen Sie uns heute Abend noch mal reden, okay? Kommen Sie um zehn zurück. Dann reden wir in Ruhe über das, was vergangene Nacht passiert ist."

Eindringlich schaute sie ihn an.

„Und danach können Sie immer noch zur Polizei gehen."

Ihre Worte ließen Adrian zögern.

„Was sind schon ein paar Stunden mehr oder weniger nach so einer Nacht wie gestern?"

Ihre graublauen Augen blickten ihn herausfordernd an. Adrian nickte.

„Okay. Zehn Uhr. Aber danach gehen wir zur Polizei."

Dann zog er die Wohnungstür hinter sich zu.

25

Der Notarzt konnte nur noch Karls Tod feststellen.

„Vermute mal Herzinfarkt", sagte er. „Aber um sicherzugehen, wird der Tote ans Institut für Rechtsmedizin in die Uniklinik überstellt. Die sollen den Befund bestätigen."

Mit elegantem Schnörkel unterschrieb der Arzt ein Blatt Papier und reichte es den schwarz gekleideten Männern vom Bestattungsunternehmen. Dann schloss sich der Zinksarg über Karl Blum.

Der Fahrer des Rettungswagens kümmerte sich unterdessen in der Küche um die immer noch von Weinkrämpfen geschüttelte Anneliese.

„Können wir Ihnen ein paar Fragen stellen?", fragte eine Polizistin mit sichtlichem Mitgefühl.

Anneliese musterte die junge Frau wie durch einen zerrissenen Schleier. Krampfhaft hielt sie den hypernervösen und völlig verstörten Zwergpudel auf ihrem Schoß und nickte.

Doch der Arzt schüttelte verneinend den Kopf und zog die Schutzkappe von der Kanüle einer Beruhigungsspritze.

„Kommen Sie lieber heute Nachmittag zurück, wenn es ihr besser geht und sie über den ersten Schock hinweg ist. In ihrem jetzigen Zustand muss ich die Befragung der Zeugin leider ablehnen."

Der Rettungssanitäter stützte Anneliese, die sich mit zitternden Beinen vom Stuhl erhob.

„Okay, ich sage den Kollegen von der Spätschicht Bescheid. Dann machen Sie mit denen einen Termin für Ihre Zeugenaussage aus, ja?"

Anneliese nickte. Als sie auf den heftig zitternden Fuzzi blickte, schossen ihr erneut Tränen in die Augen. Dann fing sie bitterlich an zu weinen.

26

Adrian überlegte, ob er Annika anrufen sollte. Irgendwie plagte ihn doch sein Gewissen. So herzlos wie vergangene Nacht wollte er die Beziehung mit ihr nicht beenden.

Es war kurz vor zwei. Er hatte noch Zeit, bis seine Schicht begann. Aus einem unbestimmten Impuls heraus rief er trotzdem Sissi an.

„Gut, dass du anrufst. Hier ist gerade die Hölle los. In der Hanauer Landstraße hat mal wieder ein Vollidiot quer über alle vier Spuren gewendet, ohne in den Rückspiegel zu schauen. Die 11 ist voll in den Wagen geknallt. Jetzt hat die VGF zehn

Taxen angefordert, bis die Unfallstelle geräumt ist. Wir halten den Straßenbahnbetrieb zwischen Ostendstraße und Ratswegkreisel provisorisch aufrecht. Ich brauche also jeden Fahrer!"

Sissi klang sichtlich genervt.

„Karl, Yassin und Parves sind krank. Mir fehlen in der Schicht gerade drei Leute. By the way, warum gehst du nicht an dein Handy?", meckerte es aus dem Funkgerät.

„Hab ich gestern verloren", gab Adrian kurz angebunden zurück. „Hab aber von einem Kumpel schon Ersatz. Ich rufe dich an, wenn der Auftrag erledigt ist. Dann kannst du dir die Nummer notieren."

„Alles klar."

Dann war das Funkgerät still.

Karl ist also immer noch krank, dachte Adrian betrübt. Aber er hat den Autoschlüssel anscheinend im Briefkasten gefunden, sonst hätte er sich sicherlich beschwert.

27

Dr. Ullrich blickte von der vor ihm liegenden Frauenleiche auf die beiden Kommissare.

„Hallo, meine Liebe. Lange nicht gesehen."

Mit freundlichem Handschlag und Küsschen begrüßte er sichtlich erfreut Edith Tannhäuser.

„Nichts für ungut, Herr Doktor. Aber dienstlich bin ich nicht sonderlich darauf erpicht, Ihnen öfter als notwendig zu begegnen", antwortete Edith augenzwinkernd.

Der Pathologe am Institut für Rechtsmedizin der Universität Frankfurt lachte dröhnend auf. Dann zeigte er auf die Tote, die in der Mitte des Raumes auf einem fahrbaren Stahltisch aufgebahrt war.

„Können Sie uns ungefähr sagen, wann die Frau ertrunken ist?", fragte Edith den Arzt.

„Sie ist nicht ertrunken."

Dr. Ullrich schob seine Brille energisch zurück auf die Nase.

Edith war sichtlich überrascht.

„Sie war schon tot, als sie in den Main geworfen wurde. Der Tod ist durch Herzstillstand eingetreten. Vermutlich Elektroschock."

Edith schaute auf die vor ihr liegende Frau, während Dr. Ullrich ihre biometrischen Merkmale monoton in sein Diktiergerät leierte. „Zirka 1,78 Meter groß, 65 Kilo, 22 bis 25 Jahre alt, sehr schlank, dunkelbraune Augen, gefärbte blonde Haare. Vermutlich Migrationshintergrund."

„Es gab übrigens keinen Kampf. Ihre French manikürten Fingernägel sind komplett intakt", fuhr er fort.

„Das Einzige, was auf ein Gewaltverbrechen schließen lässt, sind diese Druckstellen am Hals, an den Hand- und an den Fußgelenken."

„An den Füßen auch?"

Edith war überrascht.

„Ja, wieso?", wollte der Arzt wissen.

„Ach, ich habe diese merkwürdigen Schürfwunden schon heute morgen registriert und vermutet, dass sie von der Griesheimer Schleuse oder sogar einem Binnenschiff herrühren."

„Oh, nichts für ungut, Edith", stellte der Rechtsmediziner mit freundlichem Blick über seine randlose Brille fest. „Aber wenn die Frau unter ein Schiff geraten wäre, hätten wir jetzt flächendeckend Hämatome am gesamten Körper. Inklusive diverser Knochenbrüche. Von der Schönheit ihres Gesichts wäre dann nicht mehr allzu viel übrig."

„Sonst noch etwas Auffälliges?"

Stefan Weber drängte mit einem eiligen Blick auf die Uhr.

Der Arzt nickte und drehte die Tote auf die Seite.

„Sehen Sie hier, am Rücken. Sie hat sich vor kurzem in einer sehr aufwändigen Prozedur ein recht auffälliges Tattoo weglasern lassen. Die Operation ist jedoch noch nicht komplett abgeheilt. Nur die Hälfte der Narben ist abgeschliffen. Aber die kosmetische Korrektur ist ausgesprochen professionell gemacht", stellte der Pathologe mit Blick auf den Rücken der Leiche anerkennend fest.

Ediths Blick fiel erneut auf die Handgelenke der Toten.

„Habe ich Sie richtig verstanden, die Frau ist auf einem elektrischen Stuhl gestorben?"

„Nein." Energisch schüttelte Dr. Ullrich den Kopf. „Dann gäbe es mehr Verbrennungen und nicht nur diese Druckstellen. Klingt vielleicht seltsam, aber ich hatte mal einen Fall, wo sich ein Teenager in der Badewanne die Haare geföhnt hatte. Der Föhn ist ihm ins Wasser gefallen, Stromschlag, patsch, alles vorbei."

Dr. Ullrich nickte betrübt.

„Und weil sie schon mal im Badewasser lag, hat man sie anschließend im Mainwasser entsorgt?", schlussfolgerte Edith sarkastisch.

Der Arzt zuckte mit den Schultern und schaute provozierend über seine Brille zur Kommissarin.

„Meine Liebe. Wir pflegen seit zwanzig Jahren so etwas wie eine Art Arbeitsteilung. Ich bin dafür zuständig, herauszufinden, wie die Leichen, die Sie mir vorbeibringen, gestorben sind.

Sie sind dafür zuständig, herauszufinden, warum diese Menschen gestorben sind."

Edith blickte zerknirscht auf den grün gekachelten Boden des Instituts. Sie fröstelte.

„Tut mir leid, ich bin einfach noch nicht wieder fit. Ich hatte eine heftige Bronchitis", entschuldigte sie sich. Der Mediziner nickte.

„Was noch fehlt, ist die DNA-Analyse der Spurensicherung und die Isotopenanalyse ihrer Haut und ihrer Haare. Aber das dauert sicher bis Freitag." Und nach einer kurzen Pause: „Sie war wirklich eine sehr hübsche Frau, trotz ihrer schlechten Zähne."

Edith stutzte.

„Schauen Sie. Die Vorderzähne sind teure und gut gemachte Implantate. Das hat mindestens 10.000 Euro gekostet." Der Rechtsmediziner hob die Lippen der toten Patricia an. „Die hinteren Backenzähne dagegen sind zum Teil schon vor mindestens acht bis zehn Jahren mit Amalgam plombiert worden. So etwas ist heute nicht mal mehr AOK-Standard", stellte er fachmännisch fest. „Die Frau muss schon als Kind ausgesprochen schlechte Zähne gehabt haben. Ihr Gebiss sieht typisch aus für jemanden, der als Baby permanent mit Nuckelfläschchen ruhiggestellt worden ist. Bis die Milchzähne von den süßen Tees oder Säften komplett verfault waren. Da wachsen dann leider nur kariesanfällige Zähne nach."

Edith blickte an die Decke in die helle, kalte Neonbeleuchtung und seufzte.

„Geschlechtsverkehr?", fragte Stefan in die entstehende Gesprächspause.

„Ja, ja klar. Hab ich das vorhin nicht erwähnt? Die Spermien sind noch frisch, keine 24 Stunden alt. Die Frau sieht übrigens im Intimbereich so aus wie die meisten jungen Dinger, die heute modisch auf der Höhe sind. Intimrasur amerikanisch, alle möglichen Piercings, zwei davon im Intimbereich. … Ach ja, und die Tote hat eine ungewöhnliche Tätowierung über der Blinddarmnarbe."

Dr. Ullrich zog das Leinentuch von Patricias Unterleib. Auf dem Beckenknochen der toten Frau prangte ein sieben bis acht Zentimeter langer zerbrochener Engelsflügel. Ediths Blick wanderte fragend zu ihrem Assistenten.

„Sieht nuttig aus." Stefan Webers Stimme klang geringschätzig.

Edith überlegte, wo der Satz heute schon mal gefallen war. Dann blickte sie auf ihre Armbanduhr.

„Dr. Ullrich, entschuldigen Sie uns. Aber wir müssen zurück ins Präsidium. Die Presse wartet." Sie reichte dem Arzt zum Abschied die Hand. „Vielen Dank, dass Sie uns so schnell informiert haben. Genießen Sie Ihren Feierabend."

Der Mediziner wehrte mit einer lässigen Handbewegung ab.

„Nichts zu danken, Edith. Wobei das mit dem Feierabend heute wohl noch dauert. Ich habe eben vom Rettungsarzt die Leiche eines toten Taxifahrers reinbekommen. Wir sollen abklären, ob der Mann an Herzinfarkt gestorben ist. Reine Routine."

Stefan schüttelte dem Arzt die Hand.

„Dann bis bald."

Beim Hinausgehen warf Edith einen letzten Blick auf die Tote, bevor sie das kühle, unterirdisch gelegene Institut zügig verließ. Sie war immer wieder erleichtert, wenn sie aus der Pathologie ans Tageslicht zurückkehren konnte. Aus unerfindlichen Gründen war Edith allerdings sicher, dass ihr noch eine lange Nacht im Präsidium bevorstand.

28

Der Tag war einfach nur schrecklich gewesen. Annikas Präsentation war fürchterlich gelaufen, und die Marketing-Chefin hatte mehr als nur ungehalten reagiert.

„Entschuldigung, aber ich hab' schlimme Migräne."

Annika fühlte, dass ihre Ausrede unglaubwürdig wirkte. Doch sie wollte einfach nur noch nach Hause. Und da sie Dutzende von Überstunden vor sich herschob, fand sie es diesmal völlig legitim, nach dem Desaster einfach mal zu gehen.

Doch irgendwie war heute nicht ihr Tag. An der Hanauer Landstraße standen endlos viele Menschen an der Haltestelle und warteten auf die 11. Das war auf der Strecke nicht ungewöhnlich. Dann eben ein Taxi, dachte Annika und winkte einen Wagen heran. Kaum waren sie losgefahren, hielt der Fahrer schon wieder und ließ an der Schielestraße weitere Fahrgäste zusteigen.

„Unfall vor Gref-Völsing", zuckte der Fahrer sichtlich genervt mit den Achseln. „Die Strecke ist gesperrt. Wir halten den Verkehr für die VGF aufrecht."

Annika blinzelte erschöpft aus dem Fenster des Wagens. Irgendwie war ihr mittlerweile alles egal. Plötzlich sah sie Adrian an der gegenüberliegenden Straßenbahnhaltestelle. Annika überlegte, ob sie aussteigen und zu ihm gehen sollte. Doch in dem Moment fuhr das Taxi an.

„Ich bringe Sie zur Ostendstraße. Dort steigen Sie am besten in die U-Bahn, damit kommen Sie am schnellsten in die Innenstadt."

Annika lehnte sich zurück. Sie war müde und kaputt. Irgendwo focht ein Rest von Stolz in ihr. Aber gleichzeitig vermisste sie Adrian unendlich. Sie bereute das Theater, das sie vergangene Nacht aufgeführt hatte. Es war einfach nur kindisch und dumm gewesen. Einem Reflex folgend zog sie ihr Handy aus der Handtasche und wählte Adrians Nummer. Es klingelte. Dreimal. Viermal. Als sie gerade auflegen wollte, klickte es in der Leitung.

„Hallo?“, fragte eine männliche Stimme.

Annika stutzte.

„Adrian?“

„Mh.“

„Adrian, bitte leg nicht auf!“ Wie eine Ertrinkende umklammerte Annika ihr Samsung. „Es tut mir leid, was heute Nacht passiert ist. Verzeih mir. Ich würde dich gerne wiedersehen. Lass uns noch mal reden. Du kannst doch nach so einer furchtbaren Nacht nicht einfach gehen. … Es tut mir wirklich unendlich leid. Ich weiß, dass du manchmal schreckliche Fahrgäste hast, die dich fertigmachen. … Adrian? Adrian! Adrian, sag doch bitte was!“

Verzweifelt starrte Annika auf ihr Handy. Sie hörte nur ein ruhiges Atmen. Dann war die Verbindung unterbrochen. Annika war perplex. Wieso hatte er aufgelegt, ohne einen Ton zu sagen? Hastig tippte sie die Wahlwiederholung. Doch Adrian hob nicht mehr ab.

Tränen rannen ihr übers Gesicht, und sie fühlte sich plötzlich unendlich allein.

29

„Sissi, was ist mit Karl? Ist er immer noch krank?“

Es war kurz vor sechs. Adrian stand nach den Fahrten für die VGF und einer Tour zum Flughafen wieder am Halteplatz vor dem Hauptbahnhof.

„Bin ich Kindermädchen?“, quakte die Stimme der Taxichefin entrüstet zurück. „Ach, wo ich dich gerade spreche, du bist doch auch gestern Nacht gefahren. Hast du was von der Mainleiche mitbekommen? Die Kripo fragt rum, ob die Fahrer gestern Abend etwas Auffälliges bemerkt haben.“

Adrian schluckte. Gott sei Dank saß er Sissi jetzt nicht gegenüber. Sie hatte ein ausgesprochen feines Gespür für Stimmungen und Lügen.

„Nö. Nix gesehen.“ Adrian blieb einsilbig.

Nur nicht zu gelangweilt wirken, sonst würde Sissi anfangen, merkwürdige Fragen zu stellen. Sie hatte die Fahrer recht gut im Griff, das musste man ihr anerkennend zugestehen. Obwohl es seit Jahren immer weniger Kunden für immer mehr Fahrer bei permanent steigenden Benzinpreisen gab, führte Sissi nach Auffassung der Mehrheit der Fahrer das Unternehmen ausgesprochen fair.

„Kannst du heute bis Mitternacht fahren? Ich hab zu wenig Fahrer.“ Sissis Stimme duldete keinen Widerspruch.

Adrian schluckte. Er dachte an seine Verabredung mit Clara.

„Ich habe heute schon mal ausgeholfen“, monierte er. „Ich mach um halb zehn, zehn Schluss. Ich muss mal wieder einen gemütlichen Abend mit meiner Freundin auf der Couch verbringen“, log er ins Funkgerät.

Sissi lachte.

„Kann ich verstehen. Taxifahrer wär’ net mein Ding für ’ne feste Beziehung.“

In breitem Hessisch gab sie immer wieder gerne ihre Lebensweisheiten preis. Dann hörte Adrian über Funk, wie sie weiter Aufträge vergab.

Er schaute auf die Uhr über dem Eingang zum Frankfurter Hauptbahnhof. Noch vier Stunden, bis er die Frau mit den tiefgründigsten Augen der Welt wiedersehen würde. Es erschien ihm wie eine Ewigkeit.

30

Edith schaute auf Stefan Weber, der Jacke und Dienstpistole lässig über seinen Stuhl gehängt hatte. Es war kurz vor sieben. Die Pressekonferenz hatte, wenn sie ehrlich war, im Fiasko geendet. Irgendein Mitarbeiter aus der Rechtsmedizin hatte den Journalisten gesteckt, dass das Mädchen nicht ertrunken, sondern durch einen Stromschlag ins Jenseits befördert worden war. Sofort kursierte der Begriff „elektrischer Stuhl“. Das verhieß definitiv Auflage und Quote, und eben auch mehr Geld.

Edith hatte eigentlich keine Informationen preisgeben wollen, um den oder die Täter so lange wie möglich in Sicherheit zu wiegen. Das war nun vorbei. Frage über Frage war auf die Kommissarin eingeprasselt, und sie hatte ihre liebe Not gehabt, ihrer Informationspflicht nachzukommen, ohne allzu viele Details zu verraten.

Solche Indiskretionen machten Edith Tannhäuser fuchsteufelswild. Als sie die Schreibtischlampe anknipste, sah sie, wie der Regen unablässig über die Fensterscheiben ihres Büros perlte.

„Was macht eigentlich unsere Operation Street & Shoes?“

Interessiert schaute sie zu Stefan Weber auf.

„Oh, sorry Edith. Das habe ich völlig vergessen dir zu sagen. Gleich der erste Laden auf der Zeil war ein Volltreffer. Eine Verkäuferin konnte sich sehr gut an die junge Frau erinnern. Die war übrigens nicht allein gewesen, sondern in Begleitung eines älteren, sehr gepflegt wirkenden Mannes. Der hat die Schuhe ihrer Erinnerung nach auch bezahlt.“

Edith schaute überrascht auf.

„Und wieso sagst du das erst jetzt?“, fragte sie erstaunt.

Stefan Weber reagierte leicht pikiert auf Ediths vorwurfsvollen Ton.

„Wann hätte ich es dir denn erzählen sollen, Frau Kommissarin? Du warst ja den ganzen Nachmittag mächtig beschäftigt.“ Dann kramte er in seiner Umhängetasche. „Die Filialleiterin hat mir die Videobänder ausgehändigt. Da können wir uns kilometerweise Schuhkäufe ansehen.“

Edith nickte anerkennend.

„Gib die Bänder morgen früh Silke. Dann tut sie zumindest was Vernünftiges, anstatt den ganzen Tag quer durch alle Abteilungen zu tratschen.“

Stefan grinste.

„Wieso lässt du dir das eigentlich so seelenruhig gefallen? Ich hätte mit Silke schon längst Tacheles geredet.“

Edith zögerte.

„Ich hab' Silke damals bei meiner Beförderung quasi von meinem Vorgänger geerbt und ihm versprochen, dass sie, so lange sie möchte, hier als Sekretärin bleiben kann.“

Stefan lachte kurz auf.

„Du wirkst ja richtig verantwortungsvoll, wenn du dich so altmodisch verteidigst“, frotzelte er.

Edith wollte protestieren, doch in dem Moment klingelte das Telefon.

„Dr. Ullrich! Was verschafft mir heute zum zweiten Mal die Ehre?“

Stefan schaute verblüfft hoch, als Edith den Lautsprecher am Telefon anschaltete.

„Machen wir es kurz, Edith. Es gibt da ein Problem mit der Leiche des Taxifahrers, den ich vorhin noch als Routinefall eingeschätzt hatte.“ Der Rechtsmediziner räusperte sich. „Der Mann ist nicht an Herzinfarkt gestorben. Er wurde im Bett erstickt. Offensichtlich hatte er keine Chance, da er von einem schweren Magen-Darm-Infekt geschwächt war. Wir haben unter seinem linken Zeigefingernagel DNA-Material gefunden, da läuft jetzt die Analyse auf Hochtouren. Tut mir leid, Edith, wenn ich Ihnen jetzt den Feierabend zerschossen habe. Aber ich melde mich, wenn alle Ergebnisse der Autopsie vorliegen."

Edith schwieg.

„Der Mann heißt Karl Blum, ist 55 Jahre alt und von Beruf Taxifahrer. Er wohnt in der Friedrich-Naumann-Straße 22 in der Kuhwaldsiedlung hinter der Messe."

Stefan Weber notierte die Daten.

„Danke Ihnen, Felix."

Edith legte auf und erhob sich mühsam von ihrem Stuhl.

„Als ob die alle mit dem Sterben in dieser Stadt nur darauf gewartet haben, dass ich wieder an meinem Platz bin", brummte die Kommissarin missmutig Richtung Fensterfront. Dann griff sie nach ihrem dicken Wollmantel und schaute Stefan erwartungsvoll an.

„Kommst du mit?"

31

Während der Fahrt in die Kuhwaldsiedlung erreichte Edith Sissi auf ihrem Handy.

„Hallo. Was für eine Überraschung", freute sich die Taxichefin. „Du willst mir doch nicht jetzt schon unser Date absagen?"

Edith schüttelte den Kopf.

„Sissi, ich rufe dienstlich an. Es geht um einen deiner Fahrer. Karl Blum."

„Karl? Was ist mit ihm?" Sissi stutzte. „Karl ist seit gestern Abend krank. Magen-Darm-Geschichte oder so."

Edith holte tief Luft.

„Sissi, Karl Blum ist tot. Wir haben eben die Nachricht aus der Rechtsmedizin bekommen."

Am anderen Ende der Leitung hörte sie ein langes, betroffenes Schweigen.

„Ich muss mich erst mal setzen, Edith", stotterte sie geschockt ins Telefon.

„Mein Beileid, Sissi. Ich bin mit der Spurensicherung jetzt auf den Weg zur Wohnung des Toten. Wenn du willst, melde ich mich heute Abend noch mal bei dir. Okay?"

Sissi nickte. Es dauerte einen Moment, bis die Taxichefin realisierte, dass sie allein in der Leitung war. Die Nachricht von Karls Tod hatte sie tief getroffen. Er war einer ihrer zuverlässigsten Fahrer und mit den Jahren auch eine Art Freund geworden. Wie konnte so einem netten Kerl nur so etwas Furchtbares zustoßen?

Für einen Moment überlegte Sissi, an welchen der Fahrer sie ihre Schicht delegieren könnte. Denn sie war entschieden. Sie wollte in den Kuhwald. Vor fünf Jahren hatte Karl sie zu seinem 50. Geburtstag nach Hause eingeladen. Eine Feier im kleinen Kreis, ein paar Taxikollegen, Karls damals schon schwerkranke Mutter, zwei, drei Bekannte aus der Nachbarschaft. Es war ein netter Abend mit Würstchen, Kartoffelsalat und Bier gewesen.

Dass dieser bescheidene, freundliche Mensch, der sein ganzes Leben in dieser Siedlung hinter der Messe gelebt hatte, jetzt tot sein sollte, das erschien Sissi Wagner absolut unfassbar.

32

Die Zeiger an der Bahnhofsuhr schlichen Millimeter um Millimeter vorwärts. Adrian langweilte sich. Wie schon gestern blieben auch heute die Fahrgäste aus.

Seine Gedanken kreisten um Clara und den grausamen Tod von Patricia. Vielleicht wäre es klug, früh Feierabend zu machen und zu Enzo zurückzufahren. Die Alternative wäre Annika, um in ihrer Wohnung endgültig seine Sachen zu packen. Adrian war unschlüssig. Lust auf die Neuauflage der unendlichen Debatte, warum er so ein Loser sei, hatte er nicht.

Es war klüger, sich etwas Frisches aus Enzos Kleiderschrank auszuborgen. Sein Kumpel hatte ungefähr seine Kleidergröße und sicher nichts dagegen, wenn er nächste Woche eine Jeans und ein Hemd mehr im Wäschekorb finden würde.

„Sissi, ich mach für heute Schluss. Es ist nix los am Hauptbahnhof."

Adrian hielt die Tasten am Funksprechgerät gedrückt.

„Geht klar, Adrian", antwortete eine Männerstimme aus dem Lautsprecher. „Sissi ist auch schon nach Hause."

Adrian startete den Mercedes und verließ den Bahnhofsvorplatz am Hauptbahnhof Richtung Ostend. Wenn ihm vor 24 Stunden jemand prognostiziert hätte, dass sich sein Leben innerhalb einer Nacht so radikal verändern würde, hätte er es sicher nicht geglaubt.

Wie ausgestorben lag die Sonnemannstraße vor ihm. Dunkel und wuchtig schob sich die alte Großmarkthalle zwischen Main und Ostend. Am sogenannten Arbeitsstrich vor der Halle fand Adrian problemlos einen Parkplatz. Hier warteten morgens ab vier Russen, Letten, Litauer oder Rumänen, um für drei bis vier Euro die Stunde von vorbeiziehenden Arbeitgebern als billige Tagelöhner mitgenommen zu werden. Trotz diverser Razzien löste sich die Meile seit Sommer 2004 nur langsam auf, nachdem der Frankfurter Gemüsegroßmarkt ins Frischezentrum nach Kalbach verlagert worden war. Seitdem stand der wuchtige, von Martin Elsässer entworfene Bau leer. Mit 220 Metern Länge und 50 Metern Breite hatte die größte freitragende Halle Europas seit 1928 mehreren Generationen von Obstverkäufern und Gemüsegroßhändlern Platz zum Handeln geboten.

Adrian erinnerte sich an seine Schulzeit. In den neunziger Jahren war an der Großmarkthalle eine Gedenktafel angebracht worden, um an die Opfer des Holocaust zu erinnern. Denn das Bauwerk war von 1941 bis 1945 Sammelpunkt für zigtausende Juden aus Frankfurt und Umgebung gewesen. Viele von ihnen wurden in den Kellern der riesigen Halle schwer misshandelt, bevor sie wie Vieh in Güterwaggons der Reichsbahn gepfercht wurden. Litzmannstadt, Minsk, Riga, Theresienstadt, Buchenwald, Ravensbrück oder Auschwitz waren die Ziele dieser menschenunwürdigen Transporte in den Tod gewesen.

Das seit 1984 unter Denkmalschutz stehende Gebäude, das ältere Frankfurter als „Gemieskerch“ bezeichneten, sollte bis 2011 zum Hauptsitz der Europäischen Zentralbank umgebaut werden. Zwei 180 Meter hohe, ineinander verschlungene Hochhäuser und ein diagonaler Querriegel durch die Halle waren bereits geplant. Doch sowohl die Urheberrechtsklage der Erben Martin Elsässers als auch die Suche nach einem Generalunternehmer hatten das Bauvorhaben verzögert. Seit die Annexbauten abgerissen waren, ruhten die Arbeiten hinter den meterhohen Zäunen an der Sonnemannstraße.

Adrian blickte nachdenklich durch den über zwei Meter hohen Maschenzaun, der Unbefugte vom Gelände fernhalten sollte, insbesondere seit die Lichtmasten abgebaut waren. Doch immer wieder schnitten Unbekannte den Zaun auf und kürzten so den Weg zur Eckhardtstraße, die parallel zu den Eisenbahnschienen am Mainufer verlief, ab.

Er empfand die Großmarkthalle als Kronzeugen einer längst vergangenen Epoche einer Stadt, die auf der einen Seite immer rasanter baute und auf der anderen Seite immer weniger Interesse am Erhalt ihrer Industriekultur aufbrachte. An der Vorderfront des Gebäudes tickte die markante Uhr unerbittlich weiter. Angesichts des Alters und der schieren Größe des Bauwerks fühlte Adrian sich klein und vergänglich. Nachdenklich griff er in seine Jackentasche, doch die Zigarettenschachtel war leer. Missmutig kickte er die leere Packung in den Rinnstein. Dann überquerte er hastig die Straße, auf die nur noch vereinzelt Regentropfen fielen, und zog den Schlüssel zu Enzos Wohnung aus der Tasche.

33

„So schnell sieht man sich wieder."

Gerold Hahn grinste ironisch, als Edith plötzlich im Flur von Karl Blums Wohnung stand.

„Wir pflegen halt eine andere Beziehung als Normalsterbliche", lächelte die Kommissarin ihren Kollegen von der Spurensicherung augenzwinkernd an.

„Ich störe euer Tête-à-tête ja äußerst ungern. Aber gibt es Zeugen?“, platzte Stefan Weber in das Wortgeplänkel der beiden Kommissare. Edith zog missmutig die rechte Augenbraue hoch.

„Tut mir leid, Edith, ich wollte heute Abend nicht allzu spät Feierabend machen. Meine Frau wartet mit unserer kleinen Tochter und dem Abendessen.“

Hilflos zuckte der Kommissar die Achseln, als Ediths ungehaltener Blick ihn traf.

„Die Nachbarin, Frau Schulz, hat Karl Blum heute Mittag tot in seinem Bett gefunden und dann den Notarzt gerufen. Aber der konnte nichts mehr für ihn tun.“

Edith schaute sich im Flur des Hauses um. Überall war Staub gewischt und picobello aufgeräumt. Neben dem Anrufbeantworter lagen die Tageszeitung, zwei Briefe und ein Autoschlüssel.

„Gehört der Schlüssel zum Taxi vor der Tür?“, fragte Edith Tannhäuser.

Gerold zuckte mit den Achseln.

„Das haben wir noch nicht überprüft. Die Kollegen von der Spurensicherung sind noch im ersten Stock.“ Und nach einer kurzen Pause: „So wie es aussieht, wurde der Taxifahrer hier unten bewusstlos geschlagen, dann die Treppe hochgeschleift und anschließend in seinem Bett unter einem Kopfkissen erstickt. Außer ein paar Haaren hier unten auf dem Teppich und ein bisschen DNA am Kopfkissen gibt es keine echten Spuren, und nichts deutet auf Gegenwehr oder gar einen Kampf um Leben und Tod hin. Der oder die Täter haben den Mann völlig überrumpelt“, stellte der Chef der Spurensicherung fachmännisch fest. „Karl Blum scheint seinen Mörder gekannt zu haben. Denn er hat ihm offensichtlich die Tür geöffnet.“

Edith ging durch den Flur in die Küche. Auf dem Tisch lag eine angebrochene Packung Zwieback neben einigen Teebeuteln. Im Wohnzimmer fiel ihr die braune Kamelhaardecke, die ordentlich gefaltet neben mehreren Sofakissen auf der Couch lag, sofort ins Auge. Ein wuchtiger Eichenschrank mit Büchern und dem üblichen Porzellan-Nippes der fünfziger Jahre dominierte das kleine Wohnzimmer. Auf dem Tisch lag eine aufgeschlagene Zeitschrift mit dem Fernsehprogramm vom Montagabend. Lediglich der völlig überdimensionierte und anscheinend ausgesprochen teure LCD-Fernseher mit einem silbernen DVD-Player wirkte im 50er-Jahre-Ambiente des Wohnzimmers sichtlich deplatziert.

„Wohnte Karl Blum allein?" Edith Tannhäuser schaute sich fragend um.

Gerold Hahn nickte.

„Die Nachbarin hat uns erzählt, dass seine Mutter vor drei Jahren gestorben ist."

Ediths Blick streifte über die braune Schrankwand mit Dutzenden Kristallgläsern, Büchern, Videos und DVDs. Sie neigte ihren Kopf zur Seite und überflog die Filmtitel. Das meiste stammte aus den fünfziger und sechziger Jahren. Zusammen mit den frisch gewaschenen Gardinen, dem weiß gehäkelten Tischläufer auf dem rustikalen Eichentisch, einem mannshohen Gummibaum und vier in Gold gerahmten Fotos über der Couch wirkte das Zimmer insgesamt äußerst kleinbürgerlich auf sie. Nichts ließ auf den ersten Blick Rückschlüsse auf den Mord zu.

„Frau Tannhäuser", rief ein Beamter aus dem Flur. „Frau Schulz ist da."

Edith drehte sich zur Tür und schaute auf eine ältere Dame mit Rock, Küchenschürze und rosa Angorajacke. In ihren Armen hielt sie einen heftig zitternden Zwergpudel.

„Guten Abend. Tannhäuser, Mordkommission“, stellte Edith sich vor.

Anneliese Schulz zuckte wie unter einem Peitschenhieb zusammen.

„Mord...?“

Die Kommissarin nickte, und der Nachbarin schossen einmal mehr Tränen in die Augen.

„Karl war so ein guter Mensch“, stotterte sie und schaute sich Hilfe suchend um.

Edith Tannhäuser nickte ihr aufmunternd zu. „Sie haben Herrn Blum heute Mittag gefunden?“, fragte sie die Frau, die heftig mit dem Kopf nickte.

„Ja, ich hab schon geahnt, dass etwas nicht in Ordnung ist. Weil seine Zeitung immer noch im Regen vor der Haustür lag“, erzählte Anneliese Schulz mit gesenktem Blick.

„Möchten Sie sich setzen?“, fragte Edith.

Die Nachbarin nickte dankbar. Als sie Platz nahm, entwand sich der Hund ihrem Griff.

„Fuzzi, komm her!“ Doch der Zwergpudel schoss heftig kläffend durch die Küche in den Flur und zwischen den verdutzten Polizisten die Treppe hoch in den ersten Stock. Dort begann er lauthals zu bellen.

„Kann jemand mal den Köter hier wegschaffen“, schallte eine verärgerte Stimme durch das Treppenhaus.

Die völlig apathische Frau auf der Couch reagierte nicht. Edith schaute auffordernd zu Stefan.

„Kümmerst du dich bitte um den Hund?“

Es dauerte nur Sekunden, bis im Obergeschoss Ruhe einkehrte. Nur der Auslöser eines Fotoapparates klickte ununterbrochen.

„Fuzzi hat gestern Nacht nur Terror gemacht.“ Mit tränenerstickter Stimme klagte Anneliese Schulz lauthals über ihren widerspenstigen Hund.

„Wann war das?“, fragte Edith.

„Das erste Mal hatte ich gerade den Fernseher ausgeschaltet. So kurz nach Beckmann, glaube ich. Da habe ich den jungen Mann durch den Vorgarten von Karl laufen sehen. Er ist dann ins Taxi gestiegen und weggefahren. Als der Hund das zweite Mal angeschlagen hat, war es halb drei. Danach konnte ich nicht mehr einschlafen.“

Edith Tannhäuser stutzte.

„Karl Blum hatte gestern Abend Besuch?“

Anneliese Schulz zuckte mit den Achseln.

„Muss wohl eine spontane Verabredung gewesen sein. Zumindest hat er mir gestern Morgen nicht erzählt, dass er Besuch erwartet. Es ging Karl ja auch nicht so gut ...“

Anneliese blickte über Edith Tannhäuser hinweg auf die Fotos an der Wand und deutete mit dem Zeigefinger auf eines der Bilder.

„Das da ist die Mutter von Karl.“

Ediths Blick folgte dem Zeigefinger. Das Foto zeigte ein Hochzeitspaar Anfang der fünfziger Jahre vor dem Frankfurter Römer.

„Karls Eltern. Der Vater ist schon lange tot. Der kam gebrochen aus Russland nach Hause. Seine Mutter hat sich aber immer rührend um ihren einzigen Sohn gesorgt. Bis sie vor drei Jahren gestorben ist. Aber da habe ich mich schon um alles gekümmert. Ich mache hier nämlich sauber“, trumpfte die Nachbarin nicht ohne Stolz in ihrer Stimme auf.

In dem Moment brachte Stefan Weber den Hund zurück. Die Nachbarin drückte das völlig verängstigte Tier heftig an sich.

„Fuzzi, mein Fuzzi“, seufzte sie und streichelte fahrig über das weiße Fell ihres zitternden Zwergpudels.

„Haben Sie heute Nacht noch irgendetwas bemerkt?“, hakte Edith nach.

Anneliese überlegte einen Moment und suchte in ihrer Erinnerung, ob sie etwas vergessen hatte.

„Nein. Nichts. Heute Nacht war niemand auf der Straße, als Fuzzi wie ein Berserker durchs Haus getobt ist. Glauben Sie, der Hund hat Karls Mörder gehört?", fragte sie erschrocken die Kommissarin.

Edith Tannhäuser zuckte mit den Achseln. Anneliese Schulz schauderte und senkte ihren Kopf.

„Nicht dass Sie denken, dass ich neugierig bin. Aber als Karl heute Mittag nicht ans Telefon ging, wollte ich mal nach dem Rechten sehen", rechtfertigte sie sich.

„Ans Telefon?", fragte Edith.

„Ja, klar. Das Taxi stand ja um halb zwölf noch immer auf der Straße. Und die Zeitung lag im Regen vor der Haustür. Da habe ich Karl angerufen, um zu fragen, was los ist. Doch er ging nicht ans Telefon. Und der Anrufbeantworter war abgeschaltet. Das erschien mir dann doch äußerst merkwürdig. Da ich für Karl die Wohnung in Ordnung bringe, habe ich natürlich einen Zweitschlüssel ..."

Anneliese Schulz stockte. Dann senkte sie den Blick, und ihre Schultern fingen an zu zucken. Ein tiefes, verzweifeltes Schluchzen ließ ihren zusammengesunkenen Körper erbeben.

Edith stand auf und legte ihre Hand tröstend auf die Schulter der Frau.

„Wir werden den Mörder von Karl Blum finden", versprach sie der hemmungslos weinenden Nachbarin, die aus ihrer geblümten Küchenschürze äußerst umständlich ein Taschentuch kramte.

„Er war so ein guter Mensch. Das hat er nicht verdient", schnäuzte sie in das zerknitterte Tempo.

„Sie haben uns sehr geholfen", bedankte sich Edith bei der Nachbarin. „Und wenn Ihnen noch etwas einfällt, rufen Sie uns bitte an."

Mühsam stemmte sich die Frau mit dem Hund von der Couch. Ihr Blick fiel auf das in Gold gerahmte Foto von Karl Blum vor seinem tipptopp gepflegten Taxi.

„Ach ja", sagte sie, „da fällt mir doch noch was ein, ich weiß nicht, ob das wichtig ist: Der Autoschlüssel von Karls Taxi lag heute Mittag im Briefkasten."

Edith blickte verwundert auf Gerold Hahn, der mit den Schultern zuckte.

„Ist das der Autoschlüssel neben dem Telefon?", fragte er.

Anneliese Schulz nickte.

„Ja, ich hab ihn heute Mittag dort hingelegt. Bevor ich Karl gefunden habe."

Als sie den Satz vollendete, traf ihr zutiefst trauriger Blick Edith. Dann brach sie erneut in Tränen aus.

Stefan Weber schaute die Kommissarin fragend an, doch sie schüttelte heftig den Kopf.

„Einer unserer Beamten begleitet Sie jetzt nach Hause, Frau Schulz. Dann können Sie sich ein bisschen ausruhen", schlug die Kommissarin vor.

Als sie die Haustür öffnete, empfing sie ein heftiges Blitzlichtgewitter.

„Frau Tannhäuser, schauen Sie hierher für BILD", gestikulierte einer der Fotografen.

Anneliese Schulz war für einen Moment völlig perplex. Verzweifelt klammerte sie sich an Fuzzi und stolperte verwirrt die Treppe hinunter. Doch Edith Tannhäuser machte die Hatz der Fotografen fürchterlich wütend.

„Verschwinden Sie!" Wütend drohte sie in Richtung der Fotografen.

„Aasgeier!", zischte sie zwischen ihren zusammengepressten Lippen Richtung Stefan Weber.

34

Als Sissi ihren Wagen vor dem Haus von Karl Blum parkte, fiel ihr sofort das Rudel an Fotografen auf. Gerade als sie ausstieg, trat Edith mit einer älteren, verweinten Frau, die sich hilflos an einen kleinen Hund klammerte, vor die Tür. Ein Polizeibeamter bahnte ihr den Weg zum Nachbarhaus.

Sissi Wagner stieg aus ihrem Wagen.

„Edith!", winkte sie.

Überrascht blieb die Kommissarin auf der Treppe stehen. Dann winkte sie ihre Freundin heran. Unter dem einsetzenden Blitzlichtgewitter bahnte sich Sissi einen Weg durch die Reporter und Fotografen. Edith schaute sie überrascht an.

„Was tust du hier?"

Laut schlug sie die Eingangstür hinter ihnen zu. Außer Atem schaute Sissi sich aufmerksam im Flur um.

„Hier hat sich nichts verändert", stellte die Taxichefin fest, nachdem ihr Blick durchs Treppenhaus geschweift war.

„Du warst schon mal hier?"

Sissi nickte. „Karl hat vor ungefähr fünf Jahren hier seinen 50. Geburtstag gefeiert. Er ist in diesem Haus aufgewachsen und hat hier seine Mutter bis zu ihrem Tod aufopfernd gepflegt. Das war damals keine leichte Zeit für ihn", erzählte Sissi. „Karl lebte ansonsten völlig zurückgezogen. Sein ganzer Stolz ist das Taxi, das da draußen auf der Straße steht."

Dann korrigierte sie sich nachdenklich. „Sein ganzer Stolz war das Taxi, das da draußen auf der Straße steht."

„An den Wagen muss noch die Spurensicherung ran. Die Nachbarin hat heute Mittag den Autoschlüssel aus dem Briefkasten gefischt“, sagte Edith.

Sissi Wagner schüttelte ungläubig ihren Kopf.

„Karl verleiht sein Auto nicht. Das Taxi ist sein Ein und Alles. Da würde ich drauf wetten.“

„Hat Karl gestern gearbeitet?“, fragte Edith.

Sissi überlegte kurz. Dann nickte sie.

„Ja. Aber er hat wegen Magen-Darm-Problemen früher Schluss gemacht. Muss so um neun gewesen sein, als er sich aus dem Taxi von Adrian Baumann abgemeldet hat.“

„Adrian Baumann?“

„Ja, einer meiner jüngeren Fahrer. Ein ausgesprochen hübscher und zuvorkommender Kerl. So um die dreißig. Der fährt schon seit vier Jahren für den Taxifunk. Ist nach dem Abschluss seines Studiums bei uns geblieben. Keine Ahnung, warum er sich keinen anderen Job gesucht hat. Na ja, mir war es recht. Zuverlässige Fahrer wie ihn kann ich immer gut gebrauchen. Weibliche Fahrgäste stehen auf gepflegte Typen wie ihn“, fügte Sissi mit einem Augenzwinkern hinzu.

In dem Moment kam Gerold Hahn mit zwei Beamten von der Spurensicherung die Treppe herunter.

„Irgendetwas Auffälliges gefunden?“, fragte Edith.

Gerold schüttelte verneinend den Kopf. „Nichts. Offensichtlich kein Raubmord. Kein Schrank durchwühlt. Außer ein paar Windeln, etwas Wäsche und ein paar Hemden und Socken gibt es da oben aber auch nichts zu holen“, stellte der Chef der Spurensicherung müde gähnend fest.

Edith stutzte.

„Windeln?“

„Ja“, nickte der Beamte. „So ’ne Erwachsenenpackung für Inkontinenz. Die ist sicher noch von seiner Mutter, die der Ermordete laut Aussage der Nachbarin hier im Haus bis zu ihrem Tod gepflegt haben soll.“

Edith zeigte auf den Autoschlüssel neben dem Telefon.

„Gut. Kuckt doch bitte, ob der Wagenschlüssel hier brauchbare Fingerabdrücke hergibt. Und dann untersucht das Taxi."

Die Männer nickten. Als sie in ihren weißen Schutzanzügen auf die Straße traten, waren sie sofort von einem Tross an Reportern und Fotografen umringt.

Edith fiel beim Blick aus dem Fenster auf, dass überall in der Nachbarschaft die Gardinen wackelten oder gar ganz weggezogen waren. Als sie auf ihre Armbanduhr schaute, war es bereits halb zehn.

„Sissi, ich brauche die Adresse und Telefonnummer von Adrian Baumann. Er ist anscheinend der Letzte, der Karl Blum lebend gesehen hat – vor seinem Mörder."

35

Adrian klopfte das Herz bis zum Hals, als er wie verabredet um zehn Uhr abends bei Clara Sander klingelte. Es dauerte nur den Bruchteil einer Sekunde, bis der Türöffner leise summte. Die frisch gewaschene Bluejeans und das schwarze, eng taillierte Hemd von Enzo saßen äußerst knapp. So sexy kreuzte er beim ersten Date normalerweise nie auf. Aber da seine Sachen in Annikas Wohnung lagen, hatte er keine große Wahl gehabt.

Als Clara die Wohnungstür öffnete, stockte Adrian für einen Moment der Atem. Sein Blick musterte sie von oben bis unten. Das schwarze Kleid mit der dunklen Strickjacke saß wie angegossen. Mit ihren schwarzen Lederstiefeln war sie nahezu auf Augenhöhe mit ihm. Ihr Gesicht war perfekt geschminkt. Und wieder waren es ihre graublauen Augen, die stark mit den dunklen, hochgesteckten Haaren kontrastierten. Um den Hals trug sie das Amulett mit dem Engelsflügel.

„Hallo“, murmelte Adrian und folgte Clara wortlos ins Wohnzimmer.

„Bier? Rotwein?“, fragte sie aufmerksam lächelnd.

Adrian winkte ab.

„Ich muss Auto fahren, sorry“, lächelte er.

„Cola?“

Adrian nickte, und Clara ging aus dem Zimmer. Sekunden später hörte er in der Küche Eiswürfel klimpern. Als sie ihm das Glas reichte, berührte sie flüchtig seine Hand. Sein Puls fing an zu rasen. Vor ihm lag eine breite, von der Decke bis zum Boden reichende Fensterfront, die auf einen beleuchteten Balkon führte und eine fantastische Aussicht bot.

Jetzt stand er zum zweiten Mal in der Wohnung der Frau, die ihn zutiefst verwirrte.

Clara musterte ihn schweigend von oben bis unten.

„Worüber wollen Sie mit mir reden?“, fragte er.

„Über alles, was Sie interessiert“, antwortete Clara und lächelte ihn aufmunternd an.

Adrian stockte der Atem. Ihre tiefe erotische Stimme berührte ihn.

„Erzählen Sie mir etwas über die Darling-Produktion“, schlug er spontan vor.

Clara lachte amüsiert.

„Die Darling-Produktion ist aus meinem Escort-Service für den 49er Club hervorgegangen. Da erfolgreiche Geschäftsleute aber eher selten auf ... ähm reife Frauen stehen, wenn sie abends in der Sansibar, im Kingka oder in der Jimmy’s-Bar Gesellschaft suchen, musste ich mir ein neues … nennen Sie es einfach Geschäftsfeld … erschließen.“

Emotionslos beschrieb Clara ihren Job. Es klang so kühl und professionell wie der Quartalsbericht der Deutschen Bank.

„Alexander Paul war mal ein … ähm … Kunde. Er hat damals Werbefilme produziert. Kartoffelchips, Babynahrung, Duschgel. Alles, was an Mann und Frau gebracht werden muss, hat er in Fernseh- und Kinospots umgesetzt. Und irgendwann festgestellt, dass das Internet neue und günstige Vertriebswege für, … nennen wir es einmal ‚alternative' Dienstleistungen eröffnet. Es war meine Idee, die Darling-Produktion zu gründen. Seitdem sind wir Partner.“

Adrian hörte Clara aufmerksam zu. Doch seine Gedanken schweiften von dem, was sie erzählte, immer wieder ab. Sie hätte ihm einen Beipackzettel für Rheumagenerika vorlesen können, und er hätte es erotisch gefunden. Es war ihre Stimme, die ihn faszinierte und ihn zum Kaninchen vor der Schlange degradierte.

„Solche Filme wie vergangene Nacht?“, fragte Adrian.

Clara nickte.

„Die Darling-Produktion hat mit dem Schwerpunkt auf Waterbondage-Videos einen neuen, sehr erfolgreichen Fetisch für die Szene kreiert“, fuhr sie kühl und geschäftsmäßig fort. „Es ist eine andere Sichtweise von BDSM“, stellte sie stolz fest und strich sich eine Haarsträhne, die sich aus ihrer hochgesteckten Banane gelöst hatte, lässig aus der Stirn.

„Hübsches Marketingblabla“, konterte Adrian unvermittelt.

Clara lachte provozierend auf.

„Beginnt mit Ihrer empörten Entrüstung jetzt meine Lektion in punkto bürgerlicher Moral?“, fragte sie amüsiert.

Adrian schüttelte schweigend den Kopf und starrte auf den weißen Berberteppich vor seinen Füßen. Dann brach es unvermittelt aus ihm heraus.

„Wer schaut sich so einen kranken Film, wo eine Frau in einem überdimensionierten Aquarium wie ein zappelnder Goldfisch gequält wird, an?", wollte er wissen.

Clara lächelte wie eine Sphinx.

„Ehrliche Frage, ehrliche Antwort?"

Adrian verschlug es den Atem, als sie sich lasziv zu ihm herabbeugte und ihm verschwörerisch ins Ohr flüsterte:

„Mehr, als Sie wahrscheinlich vermuten."

Für einen Moment schloss er die Augen, weil ihr Parfüm seine Sinne betörte. Sein Verstand begann, einen aussichtslosen Kampf zu kämpfen.

„Wir wollten gestern nur noch die Szene mit der Streckbank im Klärwerk drehen, weil ein Kunde vom 49er Club genau diese Sequenz bestellt hat", rechtfertigte sie sich. „Solche Szenen waren in den Agentenfilmen der sechziger und siebziger Jahre üblich. Angeblich soll die CIA ja das Waterboarding aus ihrem Repertoire an Foltermethoden verbannt haben. Aber es war lange eine gängige Verhörpraktik, die sogar George W. Bush nach den Terroranschläge vom 11. September 2001 gebilligt hatte. Menschenrechtler stufen diese Praxis, die einer Scheinhinrichtung gleicht, als Folter ein. Aber wenn es solche cineastischen Wünsche gibt, wird die Nachfrage von der Darling-Produktion befriedigt. So tickt halt das Business. Mein Part ist, die passenden Mädchen, die passenden Locations und die passende Musik für die Videos auszuwählen. Und wenn mir das Skript gefällt, stehe ich auch selbst vor der Kamera."

Clara machte eine kurze Pause und schaute Adrian interessiert an.

„Unsere Filme sind sehr anspruchsvoll, mit echten Dialogen und einem authentischen Kontext. Wenn Sie jemals einen Film der Darling-Produktion gesehen haben, werden Sie mir bestätigen, dass alle Szenen ausgesprochen ästhetisch arrangiert sind“, stellte Clara tief überzeugt fest.

Plötzlich stand sie auf und setzte sich neben Adrian auf die Couch. Als sie ihre langen Beine mit den Lederstiefeln lässig übereinanderschlug, fing sein Puls an zu rasen.

Er schluckte.

„Entschuldigen Sie, aber solche Filme sind krank.“ Empört stellte er das Colaglas auf den Couchtisch.

Clara lachte und schaute ihn direkt an.

„Wie heißen Sie eigentlich?“

Adrian schluckte. „Baumann, Adrian Baumann“, antwortete er verlegen.

Clara nickte.

„Sie sind ein schöner, junger und gebildeter Mensch. Auch wenn das hier vielleicht Ihre Vorstellungskraft sprengt, aber es gibt im realen Leben mehr Menschen mit submissiven Neigungen, als Sie vermuten. Und viele dieser Menschen sind ausgezeichnete Führungspersönlichkeiten. Wissen Sie, das Entscheidende ist doch, ob jemand seine persönlichen sexuellen Interessen von seinem sonstigen sozialen Verhalten abgrenzen kann oder nicht“, dozierte sie kühl.

Adrian fühlte sich in eine Psychologie-Vorlesung an die Frankfurter Goethe-Universität versetzt.

„Ein Mensch mit dominanten Neigungen im Sexualverhalten muss im realen sozialen Leben nicht zwingend eine dominante Persönlichkeit sein“, fuhr Clara ungerührt fort.

Adrian schauderte und griff nach seiner Jacke.

„Darf ich eine Zigarette rauchen?“, fragte er Clara.

Sie nickte und zeigte zur Balkontür.

„So, wie Sie mich eben angesehen haben, sind Sie wohl fest davon überzeugt, sich immer und jederzeit unter Kontrolle zu haben“, lächelte Clara und griff unvermittelt nach Adrians Arm. „Der Lack der Zivilisation ist äußerst dünn. Betrachten Sie Bondage und SM einfach als eine Erweiterung Ihrer Sexualität. Sie setzen lediglich die sozialen Regeln des zwischenmenschlichen Umgangs durch eine gegenseitige Vereinbarung für einen genau definierten Zeitraum außer Kraft. Danach ist alles wieder so wie davor."

Adrian schluckte.

„Ich komme mir vor wie in einer Vorlesung über die betriebswirtschaftlichen Vorteile des Sadomasochismus", schmollte er.

Doch seine Stimme klang wenig souverän, eher vorwurfsvoll und verunsichert.

„Liebe bereitet Schmerz", lächelte Clara wissend.

„Oh, das ist jetzt aber ganz großes Kino!" Erbost sprang Adrian hoch. „Und dabei sind Kollateralschäden wie der Tod von Patricia nicht immer zu vermeiden?"

Wütend schob er die Tür zum Balkon auf und zündete sich eine Marlboro an. Was verdammt noch mal machte er hier? Wenn er noch einen Funken Verstand hätte, würde er sich jetzt umdrehen und schnurstracks zur Polizei fahren, anstatt mit dieser Frau, die er noch nicht mal vierundzwanzig Stunden kannte, unverfänglich über Hardcore-Sexualpraktiken zu plaudern.

Adrian inhalierte tief und schnippte die Zigarette über das Geländer ins Dunkel. Als er sich umdrehte, war Clara im Flur verschwunden.

36

Hartnäckig klingelte das Telefon. Annika war zutiefst irritiert. Sie musste vor dem Fernseher eingeschlafen sein, denn ihr fehlte jegliches Zeitgefühl. Plötzlich sprang der Anrufbeantworter an, und sie hörte ihre Stimme.

„Hallo, hier sind Annika Seidenbiegel und Adrian Baumann. Wir sind leider nicht zu Hause. Bitte hinterlasst euren Namen und eure Telefonnummer. Wir rufen zurück."

Dann piepste die Mailbox.

„Hallo Adrian, hier ist Sissi von der Taxizentrale. Ich muss dringend wegen Karl mit dir reden. Bitte ruf zurück."

Dann knackte es in der Leitung.

Annika stutzte. Die rote Lampe blinkte hektisch. Es war offenbar schon das dritte Gespräch, das der Anrufbeantworter aufgezeichnet hatte. Vielleicht hatte Adrian ihr ja doch eine Nachricht hinterlassen? Annika spulte das Band zurück.

„Hallo Annika, hier ist Carola, ich wollte dich nur noch mal daran erinnern, dass wir uns heute Abend zum Marketing-Stammtisch im Lokalbahnhof verabredet haben. Die Mädels warten auf dich."

Klack.

Annika verdrehte die Augen. Den monatelang geplanten Termin fürs Networking mit ihren früheren Kommilitoninnen hatte sie total verschwitzt. Sie seufzte und spulte weiter.

Der zweite Anrufer sagte gar nichts. Sie hörte nur ein tiefes Atmen, bevor wieder aufgelegt wurde. Seltsam, dachte Annika. Sie spulte zurück, doch die ISDN-Kennung des Anrufers war unterdrückt.

Dann löschte sie das Band und angelte sich ihr Handy aus ihrer Handtasche. Erschöpft wählte sie die Nummer von Carola, die nach dem dritten Klingeln abhob. Im Hintergrund war lautes Stimmenwirrwarr und Musik zu hören.

„Hey, wo bleibst du!", schrie ihre frühere Studienkollegin ins Telefon. „Die Hälfte der Girls ist schon wieder gegangen!"

Annika holte tief Luft.

„Carola, ich schaffe es nicht. Ich bin total fertig. … Adrian hat mich verlassen.“

Hemmungslos schluchzte Annika ins Handy.

„Was? Wie? Was ist los? Warte, ich geh mal kurz raus.“

Annika hörte, wie Carola das Lokal verließ, denn im Hintergrund vernahm sie jetzt den Verkehrslärm vorbeifahrender Autos.

„Was ist los? Adrian hat dich verlassen? Warum denn das? Ihr seid doch das perfekte Paar?“

Carola war völlig überrascht.

„Carola, ich bin total fertig“, heulte Annika in ihr Handy. Sie schniefte und weinte.

„Baby, pass auf. Ich komm gleich bei dir vorbei, okay?“, versprach die Freundin, als sie hörte, wie verzweifelt Annikas Stimme klang. Dann legte sie auf.

37

Adrian schob die Tür zum Balkon zu. Dann schaute er sich suchend um. Wohin war Clara verschwunden?

„Hallo?“, rief er durch die Wohnung.

„Ich bin hier“, antwortete es aus dem breiten Flur, der die beiden Wohnungen im dritten Stock des Mietshauses miteinander verband. Aus einem der Zimmer drang Musik.

Als er durch die Tür trat, sah er Clara, die es sich in einem großen schwarzen Ledersessel hinter einem massiven Holzschreibtisch bequem gemacht hatte, der über und über mit Papieren und DVDs bedeckt war. Mit der Fernbedienung startete sie einen an der Decke angebrachten Beamer, der ein überdimensionales Videobild auf die gegenüberliegende Wand projizierte.

„Mögen Sie ‚Künstliche Welten' von Wolfsheim?", fragte sie Adrian. Ohne seine Antwort abzuwarten, startete sie den DVD-Player für das Musikvideo mit Peter Heppner.

„... ich komm' zu dir, halt' deine Hand, wir geh'n gemeinsam durch dies wunderbare Land, das ich für dich erfand, mit mathematischem Verstand ..."

Adrian holte tief Luft.

„Was soll das?", fragte er Clara.

Doch sie wies ihm mit der Fernbedienung den Platz auf der schwarzen Ledercouch gegenüber von ihr zu. Widerstrebend setzte er sich. Im Hintergrund flimmerte auf einmal das blaue Logo der Darling-Produktion an der Wand.

„Das ist der Film der vergangenen Nacht. Leider noch nicht fertig geschnitten", sagte Clara. „Sie werden sehen, dass es ein Unfall war."

Adrian sprang wütend auf.

„Ich will mir so einen Scheiß überhaupt nicht ansehen", fuhr er sie wütend an.

Doch Clara machte keinerlei Anstalten, die Vorführung abzubrechen. Zornig beugte sich Adrian über den Schreibtisch und griff nach der Fernbedienung. Doch sie hielt sie spöttisch lächelnd fest umklammert.

„Sie können also auch anders als nur nett und zuvorkommend sein", provozierte sie ihn. „Sehr schön."

Adrian spürte eine unglaubliche Wut in ihm aufsteigen. Er schloss die Augen und atmete tief durch. Als er sie wieder öffnete, griff Clara in die Schreibtischschublade und warf eine

Peitsche und ein Lederhalsband mit klirrender Kette auf den Tisch.

Adrian zuckte zurück, als ob er auf eine heiße Herdplatte gegriffen hätte.

„Ich dachte, wir spielen jetzt ein bisschen. Und wer gewinnt, bestimmt die Spielregeln“, sagte Clara mit einer Stimme, die keinen Widerstand duldete.

Auge in Auge stand sie ihm gegenüber. Adrian bebte vor Wut. Oder Erregung. Und das machte ihn zu seiner Überraschung fassungslos.

„Master or Slave?“, fragte Clara amüsiert und ging um den Schreibtisch herum.

Adrian schloss die Augen. Als sie hinter ihm stand, flüsterte sie in sein Ohr:

„Sklave oder Herr?“

Adrian holte tief Luft und senkte seinen Blick. In seinen Ohren rauschte das Blut. Und er hörte Heppner, der betörend sang: „Ich weiß genau, was dir gefällt, ich schaff' dir eine neue Zauberwelt ...“

In dem Moment spürte er, dass ihn die Zauberwelt von Clara gefangen nahm. Als er hochschaute, projizierte der Beamer die ersten Videosequenzen der vergangenen Nacht an die Wand. Die in blaues Licht getauchte unterirdische Kläranlage mit den langen Becken voll braunem Brackwasser und dem rötlich zuckenden Fackelschein an den Wänden. Und die Schreie von Patricia, die nach einem Peitschenknall und dem Geräusch von spritzendem Wasser erbarmungslos durch die unterirdischen Katakomben hallten.

Adrian hielt sich die Ohren zu. Doch durch seinen Kopf rauschten unerbittlich die Bilder der vergangenen Nacht.

Ruckartig drehte er sich zu ihr um. Claras graublaue Augen kreuzten einen zutiefst verunsicherten Blick.

Plötzlich griff sie nach der Kette auf dem Schreibtisch. Mit geübtem Griff legte sie sich das Halsband um. Dann drückte sie Adrian die Lederschlaufe in die Hand und bog ihren Oberkörper zurück. Mit lautem Klirren spannte sich die Metallkette.

Adrian blieb die Luft weg. Die Lederschlaufe brannte wie Feuer in seinen Fingern, während Clara devot ihren Blick senkte.

Er konnte nicht anders. Adrian zog die leicht widerstrebende Frau am Halsband zu sich heran. Als er sich zu ihr beugte, um sie zu küssen, wusste er intuitiv, dass er verloren hatte.

Doch sie drehte spöttisch den Kopf zur Seite.

„Küsse zwischen Sklavin und Herr sind verboten", dozierte sie kühl.

Wieder überrollte Adrian eine Welle von Ohnmacht und Zorn. Dann ließ er die Kette fallen, die hart und heftig auf Claras Oberkörper prallte. Sie zuckte zusammen. Doch kein Laut entrang sich ihren Lippen. Adrian fröstelte über ihre Härte und drehte sich um.

Über die Wand flimmerte Szene um Szene des nächtlichen Spektakels. Der in schwarzes Leder gekleidete Hüne hob die Peitsche und setzte unerbittlich den Wasserstrahl auf die sich heftig in den Ledergurten windende Patricia. Langsam zoomte die Kamera das Gesicht des Mädchens mit den nassen blonden Haarsträhnen und der verschmierten Wimperntusche heran und wanderte danach langsam über ihren Körper. Erst jetzt realisierte Adrian den Engelsflügel, der auf Patricias rechten Beckenknochen tätowiert war.

„Alle Mädchen der Darling-Produktion, die wir nach einem erfolgreichen Casting professionell vermarkten, tragen den Engelsflügel als Zeichen der Company", sagte Clara, die seinen Blick auf das Tattoo bemerkt hatte. Stolz schwang in ihrer Stimme mit.

Adrian fielen die Cowboy-Filme seiner Kindheit ein.

„So brandmarkt man höchstens Rinder auf texanischen Farmen“, stellte er empört fest.

Clara lachte kurz und heftig auf.

„Die Mädchen sind eine riesige Investition für die Darling-Produktion. Wir kümmern uns um sie. Ärztliche Versorgung, Wohnung, Kleidung, Umgangsformen, Zahnarzt, Gehalt ... Das Tattoo ist der Preis für unsere hochprofessionellen Serviceleistungen.“

Ihr geschäftsmäßiger Business-Ton nervte.

„Aha. Und ein Steuerberater, der Ihren Schauspielerinnen erklärt, wie sie beim Finanzamt die ... ähm ... Werbungskosten absetzen können, ist im Rundum-Sorglos-Paket der Darling-Produktion natürlich all inclusive“, bemerkte Adrian sarkastisch.

Plötzlich beschlich ihn das Gefühl, in einem furchtbar schlechten Film eine ziemlich beschissene Nebenrolle zu spielen.

„Machen Sie das aus. Sofort!“, herrschte er Clara an.

In dem Moment klingelte ihr Handy im Wohnzimmer. Clara schaute ihn spöttisch an und stoppte abrupt den Film.

„Denken Sie immer daran, Mr. Right. Der Lack der Zivilisation über dem Tier ist verdammt dünn.“ Dabei umspielte ein ironisches Lächeln ihre Mundwinkel. „Wir können unser Gespräch ja im Wohnzimmer weiter vertiefen und die Geschichte auf ein intellektuelles Niveau heben. Wenn Sie möchten. Interessiert es Sie nicht, ob Masochismus aus dem Wunsch nach Überlegenheit oder aus einem Unsicherheitsgefühl heraus entsteht?“

Claras Augen versprühten verletzenden Spott.

Adrian fühlte sich abgekanzelt.

„Sie werden in Ihrem Leben noch begreifen, dass nur die wenigsten Menschen wirklich fähig sind, ihre Gefühle konsequent ihrem Verstand unterzuordnen. Und wer seine Gefühle immer unter Kontrolle hat, ist entweder Autist oder seelenloser Roboter", dozierte sie unerbittlich.

Adrian trottete zögernd hinter Clara ins Wohnzimmer. Suchend schaute sie sich nach ihrem Handy um, das mittlerweile aufgehört hatte zu klingeln. Als sie die Rückruftaste drückte, hatte Adrian das Gefühl, dass es Zeit war zu gehen. Nachdenklich griff er nach seiner Jacke und wollte plötzlich nur noch eins. Weg. Weg aus dieser Wohnung. Weg aus dieser bizarren Welt. Und weg aus diesem fürchterlichen Film, der Teil seines Lebens geworden war. Annika, dachte er mit gesenktem Kopf. Für einen Moment erschien sie ihm als Rettungsanker in diesem Sumpf von Gewalt, Pornografie und Käuflichkeit von Gefühlen.

Als er die Wohnungstür öffnete, stand Clara auf einmal lautlos neben ihm.

„Hier", sagte sie und löste den Verschluss ihrer Halskette. Dann drückte sie ihm den silbernen Engelsflügel in die Hand.

„Für Sie. Als Zeichen unserer Verbundenheit. Lassen Sie uns morgen weiterreden. Wenn Sie mir Ihre Handynummer geben, rufe ich Sie an."

Adrian fühlte, wie sein Widerstand zerstob. Clara erschien ihm tausendmal wandelbarer als ein Chamäleon. Zwischen unbarmherziger Härte und charismatischer Anziehung lag weniger als der Wimpernschlag ihrer wundervollen Augen. Warum verdammt noch mal ließ er sich schon wieder auf sie ein? Adrian haderte zutiefst mit sich. Und diktierte Clara ohne zu zögern die Nummer von Enzos Nokia in ihr Handy.

Ohne sich umzudrehen, zog er die Tür hinter sich ins Schloss. Als er ins Taxi stieg, atmete er tief durch. Es war kurz vor Mitternacht.

38

„Das ist eine riesige Sauerei“, schimpfte Edith und schmiss wutentbrannt die BILD-Zeitung auf Stefan Webers Schreibtisch.

„Frankfurt – Hauptstadt des Verbrechens“, prangte in großen Buchstaben auf der ersten Seite. Direkt unter der Unterschrift „Ein Tag – zwei Morde! Und unsere Polizei tappt im Dunkeln!“ das Foto der Kommissarin, die ziemlich ungelenk mit ihren Händen wedelte, so als ob sie lästige Fliegen verscheuchen wollte.

Stefan zuckte mit den Achseln und blätterte auf Seite drei. Fast die ganze Seite widmete der Boulevard den beiden Mordfällen.

„Sie sind nicht wirklich vorteilhaft abgebildet“, stellte die Sekretärin nüchtern fest. Ediths wütender Blick ließ sie schlagartig verstummen. Hastig stand sie auf und sprintete mit „Ich geh mal Kaffee holen“ auf den Flur.

„Wenn du ehrlich bist, hat die Gute recht“, versuchte Stefan die Kommissarin zu besänftigen.

„Tickst du noch richtig? Wir stehen als totale Trottel da, als echte Deppen in diesem Revolverblatt. Keine Spur! Keine Tatverdächtigen! Aber zwei brutale Morde, die diese Stadt in Aufruhr versetzen. Sauber! Schau dir die Formulierung an! Wie sicher kann ich noch in Frankfurt leben? Wie kompetent ist unsere Polizei? Das ist eine bösartige Unterstellung! Ich seh' eine hübsche Serie auf uns zurollen, wenn wir die Mörder bis morgen nicht gefasst haben.“

Edith tobte. Doch ein Hustenanfall zwang sie, sich hinzusetzen. Das Foto, auf dem sie ausgesprochen ungelenk versuchte,

Anneliese Schulz in ihrem rosa Jäckchen und dem zitternden Fuzzi vor den Fotografen abzuschirmen, machte sie wahnsinnig wütend.

„Ich sehe einfach nur fett, inkompetent und dämlich aus", schimpfte sie. „Und diese verdammten Spekulationen! Wer war die blonde Schöne, die auf dem elektrischen Stuhl sterben musste? Spinnen die?"

Edith stapfte wütend zwischen der Wand, an die sie das Foto der Toten aus dem Main gepinnt hatte, und ihrem Schreibtisch hin und her.

„Vielleicht brauchen wir Verstärkung", schlug Stefan vorsichtig vor.

Edith drehte sich zu ihm um. Ihr Blick war eiskalt.

„Willst du damit sagen, dass ich überfordert bin?", schnaubte sie.

Stefan schüttelte den Kopf.

„Nein, so war das nicht gemeint. Aber ich war gestern erst nach zehn zu Hause und habe meiner Tochter wie so oft keinen Gute-Nacht-Kuss geben können. Und wenn ich mir das Tagespensum von heute ansehe, wird das heute Abend auch nix", stellte er nüchtern fest.

Edith lehnte sich langsam in ihrem Stuhl zurück.

„Okay, dann lass uns mal sichten, was wir haben. Und dann entscheiden wir heute Nachmittag, ob du Verstärkung bekommst."

„Ich?", schmollte Stefan.

Doch Edith ging nicht weiter auf ihn ein.

„Was ist eigentlich aus den Videobändern von dem Schuhgeschäft geworden. Hast du die durchgesehen?"

Stefan Weber lachte höhnisch auf.

„Klar, pflichtbewusst wie ich bin, hab ich gestern Nacht noch den Videorecorder angeworfen und mir in bester Fetisch-Manier bis heute früh Schuhe und Füße reingezogen."

Genervt beugte er sich über den Schreibtisch und tippte Edith an die Stirn.

„Ich weiß nicht, was du machst, wenn du nach Hause kommst. Aber ich habe noch ein Privatleben!"

Zornig packte er einen Stapel Kassetten auf den Tisch. Edith war zerknirscht. Er hatte ja völlig recht.

„Voilà. Hausaufgaben für Fräulein Müller", grinste der Kommissar. Und auch auf Ediths Gesicht machte sich der Anflug eines Lächelns breit.

Dann griff sie zum Telefon und wählte die Handynummer von Adrian Baumann. Sie ließ es mindestens fünfzehn Mal läuten. Doch niemand antwortete. Dann probierte sie die Festnetznummer, die ihr Sissi gegeben hatte. Nach dem fünften Klingeln sprang der Anrufbeantworter an.

„Hallo, hier sind Annika Seidenbiegel und Adrian Baumann. Wir sind leider nicht zu Hause. Bitte hinterlasst euren Namen und eure Telefonnummer. Wir rufen zurück."

Edith wollte schon auflegen. Doch da wurde der Hörer zögerlich abgehoben.

„Ja? Hallo?"

„Hier ist Edith Tannhäuser, Kripo Frankfurt. Ich möchte gerne Adrian Baumann sprechen."

Am anderen Ende der Leitung war tiefes Schweigen.

„Hallo?", fragte die Kommissarin.

„Ja", sagte die Stimme. „Hier ist Annika Seidenbiegel. Adrian ist nicht da."

„Wissen Sie, wann er zurückkommt?", insistierte Edith Tannhäuser.

Wieder herrschte langes Schweigen in der Leitung.

„Zurückkommt?", wiederholte die Stimme tonlos. „Ich glaube nein."

Edith war für einen Moment perplex.

„Frau Seidenbiegel, hier ist die Kripo Frankfurt. Wir suchen Adrian Baumann“, beharrte die Kommissarin sichtlich genervt.

Wieder antwortete nur ein langes Schweigen. Dann hörte die Kommissarin, wie Annika in Tränen ausbrach und auflegte.

Edith schaute verdutzt auf den Hörer.

„Da braucht es wohl etwas mehr Feingefühl“, bemerkte Stefan Weber, stand auf und griff nach seiner Jacke. Edith schaute ihm perplex nach. Sie fühlte sich nicht wirklich fit. Aber dass ihr irgendwie alle auf der Nase herumtanzten, ging ihr doch mächtig gegen den Strich. Sie holte tief Luft und schnaubte missmutig durch ihre bebenden Nasenflügel. Als sie auf die Adickesallee blickte, hatte erneut der eiskalte Novemberregen eingesetzt.

39

Adrian wälzte sich völlig zerschlagen in Enzos Bett herum. Er hatte fürchterlich krudes Zeug geträumt. Von Fesseln. Von Clara. Von der toten Patricia. Im Traum hatte er die Rolle des Ledertyps übernommen. Grübelnd starrte er an die Decke. Über ihm hing ein überdimensionaler Ventilator an der Decke, der im Sommer die stickige Luft von der Sonnemannstraße mit rumpelndem Getöse umquirlte.

„Gibt dem Ganzen etwas von Havanna und Cocktails. Von Strand, Sonne und Urlaub“, hatte ihm Enzo vorgeschwärmt, als Adrian ihm im letzten Sommer geholfen hatte, den riesigen Holzquirl in der bröckelnden Stuckdecke zu verankern. Jetzt stand der

Ventilator still. Dafür toste draußen auf der viel befahrenen Sonnemannstraße das alltägliche Frankfurter Verkehrschaos.

Regentropfen perlten an den sicher seit Jahren nicht mehr geputzten Fensterscheiben herunter. Irgendwie verschwamm die Welt außerhalb des Zimmers in einem bleiernen Grau.

Erschöpft stieg Adrian aus dem Bett und zündete sich eine Zigarette an. Dann schlurfte er lustlos in die Küche. Die Uhr im Backofen der Einbauküche zeigte kurz nach zehn. Um zwei begann seine nächste Schicht. Da blieb noch hinreichend Zeit zum Duschen und Kaffeetrinken.

Enzos Badezimmer hätte jeder Frau zur Ehre gereicht. Dutzende von Parfümflakons, Duschgels, Gesichtspeelings, Handcremes. Adrian blickte flüchtig in den Spiegel. Er hatte schon mal deutlich besser ausgesehen als heute Morgen. Die tiefen dunklen Ringe unter seinen Augen ließen ihn älter wirken. Nikotin und die Nächte im Taxi hinterließen langsam aber sicher ihre unbarmherzigen Spuren.

Vielleicht sollte er mal ein paar Tage ausspannen und sich abmelden. Es war momentan nichts los in der Stadt. Keine Messe, keine Gäste. Ein paar freie Tage würden ihm sicher guttun. Dann könnte er in Ruhe die Beziehung mit Annika klären. Vielleicht gab es ja doch noch eine Chance? Er würde sie anrufen, um mit ihr zu reden. Oder einfach vorbeifahren. Dann könnte er außerdem ein paar frische Sachen aus der Wohnung holen.

Als er aus der Haustür des heruntergekommenen Altbaus an der Windeckstraße trat, klatschten dicke Regentropfen in sein Gesicht. Flüchtig fiel sein Blick auf die BILD im Zeitungsständer vor dem Kiosk im Erdgeschoss.

„Frankfurt – Hauptstadt des Verbrechens“.

Und direkt darunter prangten Fotos von Patricia und Karl.

Es war wie ein Schlag in seine Magengrube. Adrian schloss für einen Moment die Augen und atmete tief durch. Dann riss er die Zeitung aus dem Ständer.

„Eh, du Arsch, erst bezahlen!“ Der dunkelhaarige Verkäufer war stinksauer.

Zerfahren wühlte Adrian in seiner Hosentasche nach Kleingeld. Seine Finger berührten das Engelamulett von Clara. Er zuckte zurück, als ob er in ein Wespennest gegriffen hatte. Verwirrt suchte er im Innenfutter der Lederjacke nach Kleingeld.

„Was ist los?“, schnauzte ihn der Verkäufer an. „Nix klauen. Erst bezahlen!“

Adrian schnippte einen Euro auf die Theke. Als der Dunkelhaarige das Wechselgeld auf den Tresen legte, war er bereits auf dem Weg zum Taxi auf der anderen Straßenseite.

Fieberhaft flog sein Blick über die Schlagzeilen. Zwei Morde an einem Tag. Inklusive dem Vorwurf, dass die Frankfurter Polizei inkompetent sei. Klare Sache, mit einer Frau an der Spitze der Mordkommission konnte das in einer Stadt, die durch den Tod des berühmtesten Callgirls der Wirtschaftswunderrepublik vor über fünfzig Jahren bekannt geworden war, nicht wirklich gut laufen. Plus dem toten Mädchen aus der Griesheimer Schleuse.

„Erst gegrillt, dann ertränkt“, berief sich das Boulevardblatt auf einen Insiderbericht aus dem Institut der Rechtsmedizin. „Wer kennt die unbekannte Tote? 5000 Euro Belohnung ausgesetzt.“

Adrians Augen flogen hastig über die Zeilen und sahen doch immer nur das gefesselte Mädchen im Menschenaquarium. Auf Seite drei sprang ihm das Foto einer wild gestikulierenden Kommissarin und einer älteren Frau, die einen weißen, anscheinend völlig verstörten Pudel unter ihren Arm geklemmt hatte, entgegen. Die Nachbarin Anneliese S. berichtete, dass Karl B. immer ein anständiger Mensch gewesen sei. Und dass man jetzt sogar im beschaulichen Kuhwald um sein Leben fürchten müsse.

„In der Münchner Straße ist so was normal“, schimpfte die Nachbarin Sabine K. Dass der Tod jetzt so grausam in der beschaulichen Siedlung gewütet hatte, das sei allerdings ganz schrecklich. Einfach nur furchtbar. Nirgendwo in Frankfurt sei man mehr sicher. Aber das habe man hier im Kuhwald eigentlich schon immer geahnt.

Wieder und wieder nahm Adrian das Foto von Karl Blum gefangen. Es zeigte ihn lachend und entspannt vor seinem Taxi in der Friedrich-Naumann-Straße.

Adrian zündete sich eine Zigarette an und inhalierte tief. Es war ihm völlig egal, dass im Taxi Rauchverbot herrschte. Unzählige Gedanken jagten durch seinen Kopf. Karl, warum ausgerechnet Karl? Er konnte keiner Fliege etwas zuleide tun. Warum er? Wer hatte ihn ermordet?

Adrian holte das Amulett aus der Hosentasche und blickte nachdenklich auf den silbernen Flügel. Der Engel bringt den Tod, durchfuhr es ihn.

Dann holte er tief Luft. Er war fest entschlossen, Clara zur Rede zu stellen.

Nachdem er den Motor des Mercedes gestartet hatte, stellte er das Funkgerät an. Sofort meldete sich Sissi.

„Adrian, wo bist du?“, fuhr sie ihn hart und aufgeregt an. „Die Polizei sucht dich. Komm sofort zur Zentrale!“

40

Adrian fühlte sich total benommen. Karl war tot. Wieder und wieder starrte er auf die Zeitung, die neben ihm auf dem Beifahrersitz lag. Als ein Handy klingelte, brauchte er

Sekunden, bis er realisierte, dass es Enzos Telefon in seiner Jacke war.

„Baumann“, meldete er sich.

„Adrian, ich muss Sie unbedingt sprechen“, hörte er Clara sagen. Ihre Stimme wirkte gedrückt.

„Worüber wollen Sie mit mir reden?“, antwortete er tonlos. „Karl Blum ist tot.“

„Ich weiß“, sagte Clara.

Er hörte sie ruhig und tief atmen.

„Die Polizei will mit mir reden“, sagte er plötzlich.

„Lassen Sie uns treffen, bitte“, flehte sie ihn an. „Holen Sie mich ab. Ich kann Ihnen alles erklären.“

Adrian zögerte.

„Verstehen Sie nicht? Karl ist tot“, schrie er ins Handy. „Tot! Tot! Tot! Und Sie haben ihn auf dem Gewissen!“

Die Ampel an der Untermainbrücke sprang auf Rot. Mit quietschenden Bremsen hielt das Taxi direkt neben einem Polizeifahrzeug.

„Scheiße“, fluchte er und warf das Handy auf den Beifahrersitz.

„Hallo, hallo? Sind Sie noch da?“, hörte er Clara rufen.

Dann knackte es in der Leitung. Sie hatte aufgelegt.

Die Ampel sprang auf Grün. Der Polizeiwagen bog Richtung Willy-Brandt-Platz ab. Nervös tippte Adrian die Rückruftaste. „Unbekannter Anrufer“, stand im Display. Zornig schmetterte er das Nokia auf den Beifahrersitz.

„Verdammter Mist.“

An der Wilhelm-Leuschner-Straße überlegte er kurz. Zur Taxizentrale müsste er jetzt abbiegen. Doch Adrian drückte das Gaspedal durch. Baseler Platz, Gutleutstraße, Emser Brücke. Viel zu schnell kämpfte er sich durch den chaotischen Frankfurter Berufsverkehr. Regentropfen perlten unablässig über die

Frontscheibe, obwohl sich der Scheibenwischer heftig um klare Sicht bemühte.

Als Adrian vor dem Haus in der Elektronstraße hielt, öffnete Clara gerade die Haustür. Heftig stieß Adrian die Beifahrertür auf.

„Einsteigen“, herrschte er die völlig überraschte Frau an.

Widerspruchslos stieg sie in den Wagen.

„Hier!“

Zornig hielt er ihr das Boulevardblatt unter die Nase. Von der Souveränität des vergangenen Abends war bei Clara nichts mehr zu spüren. Sie war ungeschminkt und sah verdammt müde aus. Als sie den Kopf über die Zeitung beugte, fielen ihre halblangen Haare über ihr Gesicht.

„Es ist alles ein schreckliches Missverständnis“, druckste sie herum.

„Seit wann ist ein Toter ein Missverständnis?“, tobte Adrian und zog Clara an den Haaren hoch. „Schauen Sie sich das doch an! Sie haben zwei Menschen auf dem Gewissen!“

Sie zuckte zusammen.

„Nein, dafür trage ich keine Verantwortung“, rechtfertigte sie sich leise. „Und ich hätte so etwas auch niemals gebilligt“, schob sie trotzig nach.

Wie ein verletztes Tier sah sie Adrian mit leeren graublauen Augen an. Er spürte, dass das die Wahrheit war. Schlagartig ließ er ihre Haare los. Ihr Kopf schnellte vor. Doch sie verzog keine Miene.

Adrian blickte aus dem Seitenfenster.

„Wer war das?“, beharrte er mit Nachdruck.

Clara zuckte mit den Achseln.

„Weiß ich nicht. Wirklich nicht. Wenn ich es wüsste, würde ich es Ihnen sagen. Ehrenwort.“ Unverwandt schaute sie Adrian an. Dann griff sie nach seiner Hand. „Lassen Sie es uns gemeinsam herausfinden.“

Doch er schüttelte sie ab wie eine lästige Kakerlake.

„Warum Karl? Warum nur?"

Clara ließ den Blick aus dem Fenster schweifen.

„Karl Blum hatte einen Vertrag mit der Darling-Produktion. Er holte die Frauen zum Drehort ab und brachte sie wieder nach Hause. Das ist Teil unseres Service, damit sie sich sicher fühlen. Er wurde entsprechend bezahlt, dafür hatte er sich verpflichtet zu schweigen."

Clara senkte ihre Stimme. Dann blickte sie Adrian hart und unverwandt an.

„Wollen Sie wirklich die ganze Wahrheit wissen?"

Adrian schwieg.

„Karl Blum liebte Filme, in denen Männer von starken Frauen, wie seine Mutter eine gewesen war, gewindelt werden. Darüber Stillschweigen zu bewahren war Teil der Vereinbarung mit Alexander Paul. Diesen ungeschriebenen Vertrag hat Karl Blum vorgestern gebrochen, weil er Sie ohne Absprache mit uns als Ersatz geschickt hat."

Adrian schluckte. Wie tief war dieser Sumpf, in den er immer weiter hineinrutschte?

„Nichts ist, wie es scheint, oder?", stellte er leicht schockiert fest.

Ein Gefühl tiefer Verzweiflung stieg in ihm hoch.

„Ich hätte Sie Montagnacht wegschicken müssen. Fremde Fahrer sind im Konzept der Darling-Produktion nicht vorgesehen", sagte Clara und strich Adrian spontan eine Haarsträhne aus dem Gesicht. „Das ist der einzige Vorwurf, den ich mir machen muss. Aber Sie haben etwas … etwas, was mich berührt hat. Ihre Augen haben mir gefallen, Sie sind wunderschön", lächelte sie. „Ich habe Ihnen Montagnacht einfach vertraut."

Adrian schluckte und blickte peinlich berührt aus dem Fenster. Er dachte an den vergangenen Abend in Claras Wohnung und holte tief Luft.

„Und wie soll es jetzt weitergehen?", fragte er zögernd.

Clara verzog die Mundwinkel.

„Holen Sie mich um fünf hier ab. Bis dahin habe ich mit Herrn Paul telefoniert. Er ist seit gestern zu Vertragsverhandlungen in München. Ich kann Ihnen sicher heute Abend erklären, was vorgestern Nacht mit Karl Blum passiert ist."

Adrians Verstand protestierte. „Alles Lüge, wirf die Frau aus dem Auto, fahr zur Polizei", sagte sein Kopf. „Okay, alles klar. Ich bin dann um fünf zurück", hörte er seine Stimme sagen.

41

Annika fühlte sich müde und zerschlagen. Bis tief in die Nacht hatte sie mit Carola auf der Couch gesessen und geredet. Und geweint. Und irgendwann war sie wohl erschöpft eingeschlafen. Sie hatte nicht mehr gehört, dass Carola die umherliegenden Glasscherben zusammengefegt hatte und anschließend nach Hause gegangen war.

Als sie wach wurde, war es bereits zehn. Schläfrig hangelte sie nach ihrem Samsung. Nur eine SMS von der Agentur. Traurig ließ sie ihr Handy sinken.

Annika war kalt. Sie fröstelte. Was sollte sie jetzt tun? Die innere Leere fühlte sich bleischwer an.

Langsam stand sie auf und schlenderte gedankenverloren zum Balkon. Vorsichtig schob sie die geschlossenen Rollos zur Seite. Draußen war alles grau. Regenwolken hingen tief über dem Main, und das Wasser kräuselte sich in heftigen Wogen, die der Wind flussaufwärts trieb. Annikas Blick fiel auf die Großmarkthalle, die wie eine Trutzburg das gegenüberliegende Ufer abriegelte.

Tief verletzt seufzte sie auf. Wieder liefen ihr Tränen über das Gesicht. Vermutlich sah sie fürchterlich aus. Sie vermisste Adrian unendlich. Zu mehr als diesem einen Gedanken war sie heute Morgen einfach nicht in der Lage. Mit einem tiefen Seufzer trottete sie zum PC. Vielleicht hatte Adrian ihr ja eine E-Mail geschickt?

Ein paar Schritte vor dem Schreibtisch verspürte sie plötzlich einen fürchterlichen Schmerz im linken Fuß. Mit einem Schrei ließ sie sich auf den Schreibtischstuhl fallen. Ein riesiger Glassplitter steckte tief in der Ferse. Mit zusammengebissenen Zähnen zog sie die Scherbe aus der stark blutenden Fleischwunde.

Annika holte tief Luft. Dann fühlte sie Panik. Doch ihr Verstand hämmerte sich in ihren Kopf zurück. Mit hartem Griff drückte sie die Wunde zusammen. Blut lief über ihre Hände und hinterließ eine hässliche Spur auf dem Boden. Annika atmete tief durch, als sie das T-Shirt, in dem sie geschlafen hatte, über ihren Kopf zog und in die heftig blutende Wunde presste.

Ausgerechnet jetzt musste ihr so etwas passieren. Wäre Adrian da, könnte er ihr helfen. Sie biss die Zähne zusammen und humpelte zum Telefon, um ein Taxi zu bestellen.

Mühsam schleppte sie sich ins Bad. Wie Wasser floss das Blut aus der Wunde über die weißen Fliesen. Mit zitternden Fingern suchte sie ein Haarband, um ihre strähnigen blonden Haare zu bändigen. Was sie im Spiegel sah, war grauenhaft. Nachdem sie provisorisch einen Druckverband angelegt hatte, ließ sie erschöpft kaltes klares Wasser über ihre Hände rinnen. In dem Moment klingelte es.

Verdammt schnell das Taxi, wunderte sich Annika und humpelte fluchend zur Sprechanlage.

„Ich komme runter“, rief sie.

Der umwickelte Fuß passte noch nicht mal in die Badeschlappen. Aber es war ihr mittlerweile völlig egal, welch grotesken Aufzug sie mitten im November abgab. Mühsam humpelte sie mit Handtasche und Schlüssel zur Tür.

Es dauerte nur Sekunden, bis der Aufzug im dritten Stock hielt. Irgendwie ging alles wahnsinnig schnell. Annika fühlte sich aus dem Takt gebracht. Als die Aufzugtür aufklappte, rempelte sie gegen einen hoch gewachsenen Hünen mit kahl geschorenem Kopf und schwarzer Lederjacke.

„Entschuldigung“, murmelte sie und humpelte in den Fahrstuhl. Dann schlossen sich die Türen.

Für einen Moment realisierte Annika, dass sie den Mann hier im Haus noch nie gesehen hatte. Vielleicht war es der neue Nachbar, der sich in der Etage geirrt hatte? Immerhin hatte bis vor zwei Wochen im Stockwerk unter ihnen ein junges Paar gelebt, das das ganze Haus lebhaft an seinen Beziehungsproblemen hatte teilhaben lassen.

Als Annika aus der Haustür trat, fuhr das Taxi vor. Für einen Moment wunderte sie sich. Wenn nicht er, wer hatte dann geklingelt? Doch der Schmerz überwältigte ihre Gedanken.

„Uniklinik, schnell.“

42

„Edith Tannhäuser, Stefan Weber, Kripo Frankfurt, Mordkommission.“

Edith hielt Adrian ihren Dienstausweis unter die Nase. Er nickte.

„Wo bist du so lange geblieben?“, fuhr Sissi ihn an. „Die Kommissare haben hier auf dich gewartet.“

Adrian drehte sichtlich genervt den Kopf zur Seite.

„Sorry, Sissi. Du hast nicht gesagt, dass die Polizei hier wartet! Du hast nur gesagt, dass sie mich suchen“, trotzte er.

Edith Tannhäuser schaute Stefan Weber an, doch der verzog keine Miene.

„Möchten Sie einen Kaffee?“, fragte die Kommissarin und stellte Adrian, ohne eine Antwort abzuwarten, eine Tasse hin. „Milch? Zucker?“

„Beides bitte.“

Adrian rührte nervös mit dem Löffel in der Tasse. „Entschuldigung, ich würde jetzt gerne eine Zigarette rauchen. Im Taxi ist das leider nicht erlaubt“, seufzte er.

„Es dauert nicht lange, Herr Baumann“, beruhigte ihn Edith Tannhäuser. „Reine Routine. Wo waren Sie Montagabend ab 21.00 Uhr?“

„Ich bin Taxi gefahren, wie immer. So bis elf, halb zwölf. Und danach war ich zu Hause bei meiner Freundin. Aber …“

Adrian stockte.

„Aber was?“, fragte Stefan Weber.

„Wir haben uns Montagnacht heftig gestritten. Es kriselt schon länger. Ich hab’ unsere Wohnung so um Mitternacht verlassen und anschließend bei einem Freund übernachtet. Er heißt Enzo Calderola. Das kann er Ihnen bezeugen.“

Perfekt einstudiert spulte Adrian den Text ab, den er sich auf dem Weg zur Taxizentrale zurechtgelegt hatte.

„Kennen Sie Karl Blum?“, fragte Edith.

Adrian zuckte zusammen.

„Ja, klar. Was für eine Frage", murmelte er und senkte betrübt den Kopf. „Ich hab heute Morgen gelesen, dass ihm etwas Furchtbares zugestoßen ist. Der arme Kerl tut keiner Fliege was zuleide …"

„Karl war krank?", fragte die Kommissarin.

Adrian nickte und fühlte eine tiefe Bestürzung in sich hochsteigen.

„Gewindelt", hatte Clara gesagt. Dieses Wort kämpfte in seinem Kopf einen heftigen Kampf gegen all das, was er der Kommissarin jetzt eigentlich sagen müsste.

„Ja", nickte Adrian. „Karl war krank."

Stefan Weber schaute Edith fragend an, doch sie schüttelte verneinend den Kopf.

„Wann haben Sie Karl Blum das letzte Mal gesehen?", hakte die Kommissarin nach.

„Es muss so um 21 Uhr gewesen sein, am Taxistand vor dem Hauptbahnhof", erinnerte sich Adrian. „Karl klagte über Magen-Darm-Probleme. Er wollte früher Feierabend machen. Es war eh nichts los."

„Hatten Sie den Eindruck, dass Ihr Kollege Sorgen oder Probleme hatte? Oder Angst?"

Adrian schüttelte den Kopf.

„Nö, Karl war wie immer. Nur etwas schlapp halt wegen seiner Magenschmerzen. Sonst nichts."

Edith bedankte sich bei Adrian.

„Ach ja, wir brauchen noch die Telefonnummer von Herrn Calderola. Wir müssen ihn und natürlich auch noch Ihre Freundin – oder Exfreundin – als Zeugen befragen."

Nachdenklich kratzte Adrian sich am Kopf. „Die Telefonnummer von Enzo müssten Sie über die Auskunft erfragen. Ich kann mir blöderweise keine Telefonnummern merken, und ich hab gerade mein Handy verloren, da wäre sie eingespeichert gewesen."

„Und wie können wir Sie erreichen?“, fragte Stefan Weber leicht ungeduldig.

Adrian nestelte umständlich an seiner Lederjacke. Als er Enzos Handy herauszog, fiel Claras Amulett mit dem Engelsflügel klirrend auf den abgewetzten Linoleumboden der Taxizentrale. Für eine Sekunde stockte Adrian der Atem.

Die Kommissarin bückte sich und reichte ihm den Schmuck. „Was für ein hübscher Anhänger“, lächelte sie ihm aufmunternd zu. Adrian ließ das Amulett mit einem flüchtigen Dankeschön umgehend in der Jacke verschwinden. Dann diktierte er dem Kripobeamten Enzos Nummer, die er im Telefonspeicher aufgerufen hatte.

„Kann ich jetzt gehen?“, fragte er.

Edith nickte.

„Wir melden uns“, lächelte sie aufmunternd.

Als Adrian den Raum verlassen hatte, schaute Edith Stefan erwartungsvoll an.

„Was denkst du über ihn?“, fragte sie.

Der Kommissar zuckte indifferent mit den Achseln.

„Keine Ahnung. Bisschen verpeilter Typ.“

Edith Tannhäuser deutete auf Adrians Kaffeetasse.

„Bring die zur Spurensicherung. Ich brauche die Fingerabdrücke, DNA und alles, was der Computer über Adrian Baumann hergibt. Und ruf mal die Staatsanwaltschaft an, ich brauche einen Beschluss zur Überwachung seiner Handynummer. Dringender Tatverdacht wegen Mord.“

Stefan glotzte sie verblüfft an.

„Wieso soll er den Taxifahrer ermordet haben?“, stutzte er.

Edith schüttelte den Kopf.

„Ich hab nicht gesagt, dass er was mit dem Mord an Karl Blum zu tun hat. Aber an der Kette, die ihm aus der Tasche gefallen ist, hing ein silberner Engelsflügel. Der Anhänger ist identisch mit dem Tattoo der Toten aus der Griesheimer Schleuse."

43

„Du machst vielleicht Sachen!"

Carola schaute mitleidig an Annika herunter. Der dick bandagierte Fuß und zwei Krücken machten ihr zu schaffen, als sie in der Ambulanz der Uniklinik auf ihre Freundin zuhumpelte.

„Carola, lass uns hier verschwinden. Ich will hier keine Sekunde länger bleiben. Die Notaufnahme ist furchtbar. Es hat fast drei Stunden gedauert, bis ich telefonieren konnte", jammerte Annika.

„Du durftest dein Handy nicht benutzen?", fragte Carola verwundert.

Annika schüttelte verneinend den Kopf.

„Ich hab mein Handy in der Wohnung vergessen. Sorry, aber mir ist in dieser bescheuerten Situation nichts Besseres eingefallen, als dich anzurufen. Meine Eltern können mir eh nicht helfen. Bis meine Mutter meinen Vater dazu gebracht hätte, das Auto klarzumachen, hätte der vor Sorge hundertprozentig den nächsten Unfall produziert."

Annika zuckte hilflos mit den Schultern, so gut das mit zwei Krücken eben ging.

„Ich wollte nicht allein im Krankenhaus bleiben. Das hier macht mich alles so fertig", schluchzte sie.

„Hey, Süße, Kopf hoch", tröstete sie Carola. „Du kommst jetzt erst mal mit mir mit nach Hause. Oder ist Adrian wieder aufgetaucht?"

Annika senkte traurig den Kopf.

„Keine Ahnung, wo er ist. Er geht nicht an sein Telefon. Oder wenn er abhebt, redet er nicht mit mir, sondern atmet nur …"

„Atmet nur?"

„Ja, schon merkwürdig, oder? Ach ja, und die Polizei sucht ihn."

Carola stutzte.

„Die Polizei? Was hat der denn angestellt? Mann, Mann, Mann, ich fand Adrian immer so nett. Und jetzt ist er genauso durchgeknallt wie alle anderen Typen. Ich würde nur zu gerne mal in den Kopf von Männern schauen, um zu verstehen, was da drinnen so abgeht", stellte sie lakonisch fest. „Also, es bleibt dabei. Keine Widerrede. Du kommst mit zu mir. Das ist jetzt ein Notfall."

Aufmunternd lächelte Carola Annika zu, die seufzte und ihre Freundin dankbar anblickte. Dann humpelte sie langsam auf ihren neuen Krücken hinter Carola zum Parkplatz.

44

Adrian sah nervös auf seine Uhr. Es war fast fünf, als er wie verabredet klingelte. Das Verhör hatte ihn verunsichert. Doch eigentlich bestand kein Anlass zur Beunruhigung.

Trotzdem plagte ihn sein Gewissen. Immer wieder hatte er an Karl gedacht, während er ausgesprochen unkonzentriert

Taxi fuhr. Die Wolkenkratzer in der Mainzer Landstraße erschienen ihm an diesem trüben Novembertag noch abweisender und bedrohlicher als sonst. Im Schatten der Banken lebten die unterschiedlichsten Menschen in ihren eigenen Welten. Bankangestellte, Manager, Touristen, Wachpersonal, Putzfrauen, Junkies, Flatrate-Teenager, BDSM-Anhänger, Computersüchtige.

Seinem Vater war Frankfurt, obwohl er seit über zwanzig Jahren in Sachsenhausen in der Kisselsiedlung lebte, immer zutiefst suspekt geblieben. Als Sachbearbeiter in der Verwaltung der Allianz hatte er sich jedoch sicher gefühlt. Bis der Versicherungskonzern im Sommer 2006 angekündigt hatte, 7.500 Arbeitsplätze zu streichen und elf von einundzwanzig Standorten in Deutschland dichtzumachen.

Damals war für seinen Vater eine Welt zusammengebrochen. Alle Überstunden, aller Fleiß, alle Loyalität – alles umsonst. Noch im Jahr 2005 hatte das Unternehmen einen Rekordgewinn von 4,4 Milliarden Euro erzielt, und für 2006 war ein Gewinn von mehr als fünf Milliarden Euro prognostiziert worden. Trotzdem sei das Unternehmen nicht profitabel genug, hatte die Konzernleitung den Mitarbeitern verkündet. Um international wettbewerbsfähig zu bleiben, müssten die Renditen der Aktionäre stärker steigen.

Adrian hatte hilflos mit ansehen müssen, wie sein Vater nach dieser Ankündigung in Depressionen verfiel. Ein Mann, der so gut wie nie krank gewesen war, wurde mit 57 Jahren abgefunden und ausgemustert.

„Im besten Alter", wie er ihm völlig ungläubig versichert hatte. „In meinem Alter ist es aussichtslos, wieder eine so gute Stelle zu finden."

Jetzt war er 59 und wartete resigniert auf seinen ersten Hartz-IV-Bescheid. Mit Antidepressiva verschaffte er sich seitdem immer wieder Linderung von seinen chronischen Schmerzen. Seit knapp zwei Jahren steckte sein Vater nun in dieser Endlosschleife aus schwindender Hoffnung und zunehmender Ohnmacht. Wenn Adrian am Wochenende seine Eltern besuchte, machte ihn die Situation seines Vaters hilflos. Wobei ihn der Druck, dass er jetzt Karriere machen müsse, zunehmend in eine innere Verweigerungshaltung trieb.

Es war der gleiche Druck, den auch Annika auf ihn ausübte. Nur von der anderen Seite. Ob er Karriere – oder das, was sie dafür hielten – machen wollte, wurde er erst gar nicht gefragt. Welchen vernünftigen Grund gab es, in dieses erbarmungslose Hamsterrad einzusteigen? Lebte ihm dieses System nicht permanent vor, dass er bis zum Anschlag schuften und rackern konnte und trotzdem niemals auf der sicheren Seite ankommen würde?

Clara trat plötzlich aus der Tür und riss ihn aus seinen trüben Gedanken. Perfekt geschminkt mit hochgestecktem Haar stand sie im eleganten Business-Kostüm vor ihm.

Gedankenverloren blickte er zu ihr.

„Wohin geht die Fahrt?"

„Über den Tod hinaus", lächelte sie geheimnisvoll.

Adrian stutzte.

„Fahren Sie mich zum Frankfurter Hauptfriedhof. Ich will mir in der Trauerhalle eine Kunstinstallation anschauen."

Adrian nickte, als ob es in dieser Situation das Selbstverständlichste der Welt sei, zum Friedhof zu fahren, um sich in einem Krematorium kulturell inspirieren zu lassen.

Als er in die Eckenheimer Landstraße einbog, beobachtete er Clara im Rückspiegel. Sie saß ruhig da und sah aus dem Fenster. Er fühlte sich von ihr noch stärker angezogen als Montagnacht auf dem Weg ins Niederräder Klärwerk.

Es war bereits dunkel, als Adrian den Parkplatz vor dem unter Denkmalschutz stehenden Gebäude ansteuerte.

„Suchen wir hier den Mörder von Karl?“, fragte er Clara, nachdem er den Motor abgestellt hatte.

„Nein“, antwortete sie mit fester Stimme. „Wir suchen Lebenszeichen.“

Adrian wirkte irritiert.

„Lebenszeichen? In der Trauerhalle des Hauptfriedhofs?“

Ein Schauder lief ihm den Rücken herunter.

„Kommen Sie mit, ich zeige sie Ihnen“, sagte Clara mit einer Stimme, die wie immer keinen Widerspruch duldete.

Adrian stieg aus. Dunkel und abweisend ragte der Kuppelbau am Eingang zum Frankfurter Hauptfriedhof vor ihm auf. Clara war vorausgeeilt und stand ungeduldig an der Eingangstür.

„Kommen Sie, uns bleibt keine Zeit.“ Sie winkte ihn mit der Hand hektisch heran. „Kennen Sie die Künstlerin Gabriele von Lutzau?“

Adrian schüttelte verneinend den Kopf.

„Nie gehört.“

„Aber den Engel von Mogadischu?“, hakte sie ungehalten nach.

Adrian überlegte.

„War das die Stewardess, die erleben musste, wie der Kapitän von Terroristen erschossen wurde?“, fragte er.

Clara nickte.

„Die Künstlerin stellt hier in der Pflanzenhalle einige interessante Exponate aus“, erklärte sie mit flüsternder Stimme. „Die Skulpturen sind sogenannte ‚Lebenszeichen‘. Sie befreit die Figuren mit einer Kettensäge aus den Wurzeln abgestorbener Bäume.“

„Mit einer Kettensäge?“ Adrian schauderte.

Kühl und still umgab sie die Totenhalle. Vor ihm ragten im fahlen Licht tief hängender Lampen etwa dreißig bis vierzig Holzskulpturen auf. Sie wirkten schemenhaft, wie verhuschte

Figuren im Nebel. Scherenschnittartig spiegelten sich ihre Schatten an den altrosa getünchten Wänden wider.

Adrian stand andächtig neben Clara, die einen Schritt zurück gemacht hatte, um das Ensemble auf sich wirken zu lassen.

„Die Lebenszeichen sind aus dem Holz der Thuja, die auch als Lebensbäume bekannt sind“, flüsterte sie und strich andächtig mit der linken Hand über die vorderste Holzskulptur. „Sie kehrt das Unterste nach oben. Sehen Sie hier, die Wurzel ragt in den Himmel, die Astgabelung steht dagegen auf der Erde.“

Auf Adrian wirkten die überlebensgroßen Kopffüßler auf vier, manchmal fünf Beinen ausgesprochen befremdend. So fühlt man sich also, wenn man in Mittelerde plötzlich mit Orks konfrontiert ist.

In dem Moment öffnete sich die schwere Holztür, und zwei Frauen durchquerten leise flüsternd den Raum Richtung Krematorium. Die Kerzen neben dem Haupteingang flackerten im Luftzug und reflektierten die Lebenszeichen als zuckende Schatten an den Wänden.

Wie eine im Wind wogende Gruppe in dunklen Gewändern auf dem Weg zur Beerdigung, dachte Adrian.

„Diese Bäume dienen übrigens auch als Grabbepflanzung.“ Clara fotografierte einige der Skulpturen. „Sie sehen hier die perfekte Metamorphose – vom toten Baum zum Lebenszeichen.“

Mit einer weit ausladenden Geste erläuterte sie Adrian ihre Gedankenwelt.

„Und welche Metamorphosen warten jetzt in der Pathologie auf Karl und Patricia?“, unterbrach Adrian Clara völlig unvermittelt. Die Frau zuckte wie unter einem Peitschenhieb zusammen.

„Finden Sie das jetzt nicht etwas unpassend?“, zischte sie ihn mit wütendem Blick an.

„Ach ja“, erwiderte Adrian gereizt. „Sie wollten mir sagen, wer Karl getötet hat. Stattdessen schleppen Sie mich in die Totenhalle auf den Frankfurter Hauptfriedhof. Suchen wir jetzt hier die Grabbepflanzung für die beiden aus?“

Clara musterte ihn voller Verachtung.

„Sie haben einfach keinen Blick für Kultur“, fauchte sie ihn an.

Dann verließ sie hoch erhobenen Hauptes die Pflanzenhalle. Adrian trottete ungläubig hinter ihr her. Als er ins Freie trat, zündete er sich umgehend eine Marlboro an. Während er tief inhalierte, musterte er Clara ausgesprochen nachdenklich.

„Sie rauchen zu viel“, stellte sie nüchtern fest.

Adrian zuckte mit den Schultern. „Wie ich mich zugrunde richte, geht Sie einen feuchten Kehricht an.“

Dann drehte er sich zur Halle um, und eine große Traurigkeit umfing ihn. Karl würde nicht mehr wiederkommen. Nie mehr. Vorbei. Und irgendwie war diese Frau daran schuld. Und nicht nur sie, auch er. Wenn er Montagnacht das verdammte Taxi nicht getauscht hätte, wäre diese wahnsinnige Verwechslung sicher nicht passiert. Und Karl würde vermutlich noch leben. Aber was wäre aus ihm geworden? Adrian dachte an die Lebenszeichen in der Halle über dem Frankfurter Krematorium. Die waren zumindest ihrem Schicksal in ein zweites Leben entkommen.

„Was wollten Sie hier wirklich?“, fragte er Clara, die neben ihn getreten war.

„Ich wollte mir die Lebenszeichen für einen neuen Film ansehen. Was haben Sie gedacht, was wir hier machen? Dass ich zum Vergnügen zum Hauptfriedhof fahre? Die Suche nach neuen Ideen, nach neuen Orten und neuen Menschen inspiriert mich. Sich so treiben zu lassen ist eine unstillbare Sehnsucht.“

Adrian schluckte, dann drehte er sich frontal zu Clara um.

„Sie widern mich an", brach es fassungslos aus ihm heraus. „Eine Trauerhalle ist eine Trauerhalle, keine Event-Location." Zornig trat er die Zigarette aus.

„Ich habe Ihnen schon gestern erklärt, dass ich nicht in Ihren bürgerlichen Kategorien denke oder handele." Mit einem sphinxhaften Lächeln schaute sie ihn aufmerksam an. „Sie würden sich wundern, wenn Sie wüssten, wo wir in dieser Stadt schon überall gedreht haben. Frankfurt ist perfekt. Man muss die Welt nur mit anderen Augen sehen."

Adrian fröstelte. Als er in Claras graublaue Augen schaute, spürte er eine berechnende Kälte.

„Befrei dich aus dem Bann dieser Frau", hämmerte es in seinem Kopf. Als er gerade darüber nachdachte, wie er das anstellen sollte, trat Clara neben ihn und streichelte ihn zärtlich über den Nacken. Dann stellte sie sich auf Zehenspitzen und flüsterte ihm ins Ohr.

„Lassen Sie uns nach Hause fahren. Dann besprechen wir alles Weitere."

Adrian nickte. Die Berührung und der Klang der Stimme hatten erneut jeden Widerstand in ihm gebrochen.

45

Edith Tannhäuser sah ihren Kollegen ungläubig an.

„Wie, der Staatsanwalt lehnt die Telefonüberwachung ab?"

Stefan zuckte mit den Achseln.

„Nur weil er eine Kette mit einem Engelsflügel trägt, ist das kein hinreichender Verdachtsmoment, dass er etwas mit dem Mord an der tätowierten Frau zu tun hat."

Edith war stinksauer.

„Das ist doch lächerlich", schnaubte sie. „Vermisst denn niemand die Tote?"

Stefan schüttelte den Kopf.

„Es haben einige auf die Zeitungsberichte reagiert. Aber bislang ist keine heiße Spur dabei."

„Was macht der Bericht von Dr. Ullrich aus der Rechtsmedizin?"

„Der ist Mediziner. Kein Hexer."

Stefan schüttelte erneut den Kopf.

„Mensch, Stefan. Was soll ich nachher nur den Journalisten sagen? Ich habe die Pressekonferenz schon auf 18 Uhr verschoben! Und jetzt ist es schon fünf!" Ediths Blick blieb an der Pinnwand hängen. „Wer ist verdammt noch mal die Tote? Habt ihr wegen der Implantate eine Rückmeldung von den Zahnärzten? Was ist mit den Videos vom Schuhgeschäft? Sieht man da wenigstens etwas?"

„Oh sorry, das hab ich total vergessen. Silke hat die Szene gefunden. Warte mal 'ne Sekunde." Stefan sprang auf und startete den Recorder. „VHS-Kassetten aus dem letzten Jahrhundert, da kommen sogar in mir nostalgische Gefühle hoch", grinste der Kommissar und spulte langsam vor. „Hier. Das ist die Szene."

Edith blickte auf eine junge, fröhliche Frau mit langen blonden Haaren, die in roten Stiefeletten aufreizend vor einem ausgesprochen gut gekleideten Mann mit Halbglatze, der mit dem Rücken zur Kamera stand, hin und her stolzierte. Er flüsterte ihr etwas ins Ohr und lachte, als sie kokett die Augen niederschlug.

„Dreh dich verdammt noch mal um", dachte Edith.

Das Band war zwar ohne Ton, doch die Szene war eindeutig.

„Voll nuttig", stellte Silke Müller, die gerade mit ihrer Kaffeetasse ins Büro zurückgekommen war, fachmännisch fest. „Die roten Stiefeletten passen wie die Faust aufs Auge."

„Wie meinen Sie?" Edith stutzte.

„Kucken Sie doch mal. Das ist doch das typische Geschenk-für-Sex-Gebalze. Voll billig. Na ja, was kann man anderes von einem drittklassigen Videoproduzenten erwarten? 49,90 Euro für ein Paar Schuhe. Das sind echte Dumping-Preise."

Tiefe Verachtung schwang in der Stimme der Sekretärin.

„Woher wissen Sie, wie viel die Schuhe gekostet haben? Und, ähm … woher wissen Sie, dass der Mann Videoproduzent ist?"

Edith war verdutzt.

„War nicht allzu schwierig. Ich hab heute Mittag bei Street & Shoes angerufen und gefragt, wer am Montag rote Stiefeletten gekauft hat. Laut Buchhaltung sind die Schuhe nur dreimal über den Ladentisch gegangen. Der Mann, der mit Kreditkarte gezahlt hat, heißt Alexander Paul", stellte Silke Müller nicht ohne Stolz fest.

„Woher wissen Sie, dass er mit Kreditkarte gezahlt hat?"

Edith war verblüfft.

„Sieht der so aus, als ob er bar zahlt?", erwiderte die Sekretärin leicht pikiert. Dann lachte sie. „Er holt gleich die Brieftasche raus, deshalb weiß ich's. Oder glauben Sie, ich könnte hellsehen?"

Ein breites Grinsen huschte über das Gesicht der Sekretärin.

„Schauen Sie hin, gleich tätschelt er ihren Po. Wie die Pferdeführer der Henninger-Brauerei. Wenn die Gäule im Geschirr artig den Bierwagen mit den Fässern über die Dippemess gezogen haben, werden die auch so nett getätschelt. Achtung … jetzt!"

Der Mann gab der jungen Frau einen Klaps auf den Po, als sie das dritte Mal mit kessem Hüftschwung an ihm vorbeistiefelte. Abrupt blieb sie vor ihm stehen und warf ihm einen schmollenden Blick zu. Er schaute sie an, dann drehte er sie mit einem festen Griff ruckartig um, und sein Blick wanderte prüfend ihre langen Beine hinab bis zu den roten Stiefeletten.

„Widerlich!" Silke Müller schüttelte sich. „So ein alter Sack. Der sabbert ja schon."

Edith Tannhäuser sah unauffällig an sich herunter. Sie war mindestens ebenso alt wie dieser „Sack".

„Wirklich gut gemacht, Frau Müller!", lobte sie ihre Mitarbeiterin, die sich verlegen wegdrehte, um ihr errötendes Gesicht zu verbergen. „Und woher wissen Sie, dass der Mann Videoproduzent ist?"

„Wofür gibt es Google?", entgegnete Silke Müller flapsig.

Klingt wie ‚Wo ist das Problem?', dachte Edith, die das Gefühl beschlich, irgendwie nicht ganz auf der Höhe der Zeit zu sein.

Stefan Weber nahm die Notizen der Sekretärin entgegen.

„Alexander Paul, Elektronstraße 50, Frankfurt-Griesheim. Videoproduzent. 48 Jahre alt. Hat ein paar Punkte in Flensburg wegen zu schnellem Fahren. Gab allerdings auch mal 'ne Anzeige wegen Körperverletzung. Und momentan läuft ein Verfahren wegen Steuerhinterziehung gegen ihn. Wollen wir ihm einen Besuch abstatten?"

In diesem Moment klingelte das Telefon. „Die Jungs von der Spurensicherung", sagte die Sekretärin und hielt Edith den Hörer hin.

„Fingerabdrücke … im Wagen von Karl Blum. Ja … wie bitte? Sind Sie ganz sicher? … Gut. Und vielen Dank."

Dann legte sie auf und sah prüfend in die Runde.

„Die Spurensicherung hat im Taxi von Karl Blum Fingerabdrücke gefunden. Und jetzt haltet euch fest: Sie sind hundertprozentig von Adrian Baumann.“

46

Wie magisch angezogen trottete Adrian hinter Clara die Treppe hoch in den dritten Stock.

„Warten Sie im Wohnzimmer auf mich“, wies sie ihn an und verschwand in einem der anderen Räume.

Adrian zögerte, dann öffnete er die Balkontür und zündete sich eine Zigarette an. Tief sog er das Nikotin in sich ein. Sofort ließ die innere Anspannung nach.

Er hatte Clara nicht gehört, aber er spürte, dass sie hinter ihm stand. Zärtlich streichelte sie mit ihren Fingern über seinen Nacken. Wieder roch er den Duft von Prada. Für einen Moment schloss er die Augen. Dann drehte er sich ruckartig um. Clara stand in einem engen schwarzen Rock, weißer Chiffonbluse und den hohen schwarzen Stiefeln, die sie schon am Montagabend getragen hatte, vor ihm. Devot senkte sie den Blick. Ihre langen, schwarz getuschten Wimpern ergossen sich wie ein Wasserfall über ihre Wangen. Adrian war hingerissen. Doch nach der Erfahrung der vergangenen Nacht widerstand er dem Impuls, sie an sich zu ziehen.

Abrupt drehte er sich um und starrte auf lange, dunkle Wohnblocks, die sich im trüben Licht der Straßenbeleuchtung aneinanderreihten. Irgendwie fühlte er sich verloren, seit diese Frau ihn vor weniger als 48 Stunden aus seiner vertrauten Welt herauskatapultiert hatte.

„Sie sind ein schöner, interessanter Mann“, hörte er Clara mit ihrer wunderbar rauchigen Stimme sagen. Ein Schauer rieselte über seinen Rücken. „Ich suche ein unverbrauchtes Gesicht für den nächsten Film“, fuhr sie unverwandt fort.

Hatte er richtig gehört? Ihre Worte schnürten Adrian für Sekunden den Hals zu.

„Sie wollen mich … casten?“ Adrian fühlte sich total überrumpelt. Dann spürte er den Stich, den ihre Worte in ihm angerichtet hatten. „Du bist für sie nur Objekt“, höhnte es in seinem Kopf. „Objekt! Objekt! Objekt!“

Adrian zog tief an seiner Zigarette. Dann schnippte er den Stummel über den Balkon. Schlagartig wurde ihm klar, dass Clara nur eine rein professionelle Sympathie für ihn empfand. Alles andere war schiere Einbildung gewesen.

Er stieß sie zur Seite und ging ins Wohnzimmer. Wie absurd diese Welt doch ist, dachte er. Enzo würde sicher jubeln, wenn Clara ihm dieses Angebot gemacht hätte. Doch in ihm tobte der Frust.

„Wie korrupt sind Sie?“

Seine Stimme klang verletzt. Doch sie winkte mit einer wegwerfenden Handbewegung lässig ab.

„Machen Sie es sich bequem. Dann reden wir übers Geschäft“, schlug sie ruhig und sachlich vor.

Als er stehen blieb, zog sie ihn mit sich auf die tiefe Ledercouch. Lasziv schlug sie ihre langen Beine übereinander. Dann nahm sie Adrians Hand, legte sie sich auf den Oberschenkel und schob seine Finger langsam über den Rock nach unten, bis er ihre Schenkel durch die Seidenstrümpfe spüren konnte.

Adrian klopfte das Herz bis zum Hals. So also fühlt sich ein unmoralisches Angebot an, sagte sein Bauch. So also fühlt es sich an, wenn du zur Ware wirst, höhnte sein Kopf.

Clara lächelte ihm aufmunternd zu.

„Warum zögern Sie?"

Adrian vermied den Blickkontakt und schaute zu Boden. Ihm wurde bewusst, wie sehr er sich geirrt hatte. Die Sympathie, die er verspürt hatte, galt nicht seiner Persönlichkeit.

„Nicht wichtig", hörte er sich tief enttäuscht sagen.

Clara lachte kurz auf.

„Oh bitte, haben Sie gedacht, ich würde … Gefühle für Sie empfinden?", bemerkte sie mit leicht spöttischem Unterton.

Ihre kompromisslosen Worte trafen ihn. „Gefühle!", hallte es unbarmherzig in seinen Ohren. Wut stieg in ihm hoch. Ihre Finger fühlten sich auf einmal wie ekelhafte Saugnäpfe eines Tintenfischs an. Oder wie eine Schlange, die sich an seinem Arm emporwand, um ihn in etwas zu verstricken, was er niemals gewollt hatte. Schamröte stieg in ihm auf.

„Sie sind absolut unmoralisch!", stotterte er und schaute verlegen zur Seite.

Clara lachte und warf ihren Kopf in den Nacken.

„Unmoralisch? Oh je, wo leben Sie denn? In den fünfziger Jahren?", kicherte sie. „In einem Land, wo Wortbruch von Politikern gang und gäbe, Gewalt in öffentlichen Verkehrsmitteln Realität und Folter in Kasernen an der Tagesordnung ist, erheben Sie für ein legitimes Angebot Ihren moralischen Zeigefinger? Das ist lächerlich. Wir leben in einem Land, wo die Vermögen schneller wachsen als die Löhne. Darüber sollten Sie sich moralisch entrüsten. Wir leben in einem Land, wo für die Milliardenverluste von Banken der Staat aufkommt. Wir leben in einem Land, das die Zahlungsmoral seiner Steuerpflichtigen nur dadurch sicherstellt, dass ein Finanzminister korrupten

Bankangestellten geheime Transferdaten abkauft. Und wir leben in einem Land, wo ein ranghoher Manager vor laufenden Kameras zum Verhör abgeholt wird, weil er in großem Stil Steuern hinterzogen hat. Das alles ist strafbar und sicher auch eine Frage der Moral, junger Mann. Aber was ist daran unmoralisch, wenn ich von Ihnen für einen angemessenen Preis eine Dienstleistung erwerben möchte?"

Adrian spürte, dass sie Recht und Unrecht zugleich hatte. Trotzdem fühlte er sich verletzt. Er war nicht käuflich. Enzo würde ihn jetzt sicher für total plemplem erklären. Wann bekam man schon mal von einer attraktiven Frau Geld für Sex geboten?

Adrian schüttelte den Kopf.

„Vielen Dank für Ihr Angebot. Aber so geht es nicht", sagte er und drehte sich nach seiner Jacke um.

Clara griff erneut nach seiner Hand.

„Denken Sie in Ruhe darüber nach", forderte sie ihn sanftmütig auf.

Adrian sah sie traurig an.

„Ich kann es nur mit Gefühl. Sorry."

„Sie müssen Ihre Gefühle nicht unterdrücken", schlug sie ihm spontan vor. „Ganz im Gegenteil: Wenn ein Film mit Gefühl gemacht ist, wirkt das viel authentischer."

„... und verkauft sich natürlich besser", unterbrach er sie verärgert. „Hören Sie. Mein Privatleben unterliegt keiner Kosten-Nutzen-Rechnung. Ich bin nicht an maximalem Profit interessiert. Ich hab auch noch nie auf Netzwerke gestanden, die Menschen in verwertbare oder unbrauchbare Kontakte sortieren", stieß er wütend hervor. Und nach einer kurzen Pause: „Vielleicht verstehen Sie das nicht. Aber ich suche etwas anderes. Und das ist nicht käuflich."

Clara schaute ihn unverwandt an.

„Unsinn“, winkte sie barsch ab. „Das, was Sie suchen, ist eine Illusion.“

„Und Ihre Filme sind Realität?“

Spöttisch blickte Adrian ihr ins Gesicht.

Er griff nach seiner Jacke. Langsam zog er den Engelsflügel aus der Tasche und legte das Amulett auf den Tisch.

„Vielen Dank“, sagte er. „Aber ich brauche das nicht. Noch nicht mal als Erinnerung.“

Abrupt drehte er sich um. Mit einem lauten Knall flog die Wohnungstür hinter ihm ins Schloss.

47

„Wirklich überzeugt war die Staatsanwaltschaft immer noch nicht“, berichtete Stefan Weber und legte Edith den Haftbefehl für Adrian Baumann auf den Tisch.

Die Kommissarin schüttelte den Kopf. „Reichen denen zwei Leichen nicht?“

Ihr Kollege zuckte mit den Achseln. „Zumindest hat es für die Telekommunikationsüberwachung seines Handys gereicht“, grinste er augenzwinkernd. „Ich ruf mal seinen Provider an.“

Edith schaute aus dem Fenster des Polizeipräsidiums auf die Adickesallee. Sie war irritiert, weil sie sich so in Adrian Baumann geirrt hatte. Ihre Menschenkenntnis hatte ihr signalisiert, dass der junge Mann eher die Kategorie harmlos sei. Aber was hatte er in Karls Wagen in der Nacht gesucht, als der Taxifahrer ermordet wurde? Hatte er den Autoschlüssel in den Briefkasten geworfen? Irgendwie ergaben die verschiedenen Teile des Puzzles keinen Sinn.

Vielleicht könnte Sissi ihr helfen? Nachdenklich griff sie zum Hörer und wählte die Nummer der Taxizentrale. Sissi war sofort am Apparat.

„Adrian? … Nein, der hat heute früher Feierabend gemacht und sich vor dreißig Minuten abgemeldet. Warum?"

„Mist", entfuhr es der Kommissarin. „Sissi? Kannst du der Polizei mit einem Foto von Adrian Baumann aushelfen? Wir müssen ihn zur Fahndung ausschreiben. Er steht unter Mordverdacht."

Stefan Weber zog seine Jacke an. „Ich fahre mal zu seiner Freundin nach Sachsenhausen. Vielleicht hat er sich ja bei ihr gemeldet. Magst du mitkommen?"

Edith schüttelte den Kopf. Der Schreibtisch quoll über mit dicken Akten und unbearbeiteten Laufmappen.

„Wolltest du heute Abend nicht mal früher nach Hause zu deinem Kind?"

Die Stimme der Kommissarin klang fürsorglich.

Stefan zuckte mit den Achseln. „Adrian Baumanns Freundin hat sich heute den ganzen Tag weder über Festnetz noch auf ihrem Handy gemeldet, obwohl ich es mindestens ein Dutzend Mal versucht habe. Ich fahr' da jetzt mal vorbei. Und danach mache ich Feierabend, okay?"

Edith nickte zustimmend.

„Und Sie?", fragte sie die Sekretärin.

„Bin auch gleich weg. Ich geh mit den Kollegen von der Wirtschaftskriminalität zum Bowling am Henninger Turm", freute sich Silke Müller.

Edith blickte missmutig aus den hohen Frontscheiben auf die Adickesallee. Anscheinend hatten alle ein Zuhause oder ein

Privatleben. Nur sie hatte mal wieder nur das Präsidium. Und ein paar verwelkte Topfpflanzen auf dem Fenstersims hinter ihrem Monitor.

48

Adrian ärgerte sich über sein schlechtes Gedächtnis. Aber er konnte sich partout keine Handynummern merken. Normalerweise war ihm das auch ziemlich egal. Dann würde er Annika eben unangemeldet überraschen und sich für seine überzogene Reaktion vor zwei Tagen entschuldigen. Er würde sie einfach in den Arm nehmen und küssen. Das würde die Geister der vergangenen Tage aus seinem Kopf vertreiben – und hoffentlich auch aus ihrem.

Er war fest entschlossen, niemandem zu erzählen, was er die vergangenen achtundvierzig Stunden erlebt hatte. Weder Annika. Noch Enzo. Noch der Polizei.

Was war im Prinzip schon passiert? Er hatte ja eigentlich mit allem nichts zu tun. Wobei ihn der Gedanke an Karl Blum schmerzte. Der alte Kauz würde ihm fehlen.

Karls Tod war vielleicht sogar der Anlass, ernsthaft über einen vernünftigen Job nachzudenken. Immerhin war er fast dreißig. Und ewig Taxi zu fahren war nicht wirklich eine hinreichende berufliche Perspektive, das war ihm durchaus bewusst. Trotzdem fühlte er, dass er den Job vermissen würde.

Tief kräuselten sich kleine Wellen auf dem Main. Frankfurt wurde nachts nicht wirklich dunkel. Wobei die blaue Neonbeleuchtung vom Union-Investment-Hochhaus wie eine gigantische Kitsch-Bombe auf ihn wirkte. Irgendwann hatte das Planungsdezernat ein Lichtkonzept für Frankfurt verabschiedet. Trotzdem gab es mitten in der Stadt so einen bombastischen Neonklotz. Das Museumsufer auf der anderen Mainseite wirkte dagegen erheblich eleganter. Wie eine stilvolle Perlenkette reihte sich Museum an Museum am Sachsenhäuser Ufer. Frankfurt hatte trotz seines „American Touch" durch die Skyline immer noch viele traditionelle Facetten, wie etwa den Ebbelwei-Express. Aber auch der Westhafentower war eine Hommage an das sogenannte „Gerippte", das typische Glas für den allseits geschätzten Apfelwein.

Wenn er in einigen Minuten Annika in seine Arme schließen würde, war das vielleicht bürgerlich. Aber es versprach auch Sicherheit.

Im Radio langweilte ein sichtlich genervter Moderator die Zuhörer mit einem Call-in-Gewinnspiel. Öde dudelte ein Jingle aus dem Lautsprecher. Wo war eigentlich die House-CD von Enzo?

Mindestens ein Dutzend silberner Scheiben fiel in den Fußraum des Beifahrersitzes, als Adrian das Handschuhfach öffnete. Ohne nachzudenken griff er einfach die erstbeste CD heraus und schob sie lässig in den Schacht. Plötzlich fiel ihm ein, dass er seine Zigaretten in Claras Wohnung vergessen hatte. Vielleicht sollte er einfach mit dem Rauchen aufhören?

„… ich komm' zu dir, halt' deine Hand, wir geh'n gemeinsam durch dies wunderbare Land, das ich für dich erfand …"

Adrian stockte der Atem. Die Stimme von Peter Heppner traf ihn mitten ins Herz. Clara, die tote Patricia, das Tattoo der Darling-Produktion. Alles stand mit den ersten Klängen der Musik klar und deutlich vor seinem inneren Auge. Wütend drückte er auf die Stopp-Taste des CD-Players. Dann drehte er die Fensterscheibe herunter und atmete tief durch. Was war an dem Angebot von Clara eigentlich so unmoralisch gewesen, fragte ihn sein Bauch.

Nein, er würde keinen Gedanken mehr an diese Frau verschwenden. Vielleicht würde es ein paar Tage und Nächte mit Annika brauchen. Dann wäre die Geschichte abgehakt und vergessen. Davon war Adrian fest überzeugt, als er sein Taxi am Walter-von-Cronberg-Platz parkte.

49

„Annika! Annika?"

Suchend griff Adrian nach dem Lichtschalter in der dunklen Wohnung. Auf sein Klingeln hatte sie nicht geöffnet. Vielleicht war sie schon ins Bett gegangen? Egal, er benötigte dringend frische Wäsche, denn Enzos Hemden waren definitiv einen Tick zu eng für seinen Oberkörper. Das schwarze taillierte Hemd, das er heute Morgen aus dem Stapel ungebügelter Wäsche in Enzos Badezimmer gefischt hatte, war einfach zu prollig. Schwarz war nicht seine Farbe. Zu seinen bernsteinfarbenen Augen passten besser warme, erdfarbene Töne.

„Annika?"

Hell flammte das Licht im Flur auf. Alles blieb still. Annika war anscheinend unterwegs. Dann würde er eben warten.

Ohne im Wohnzimmer das Licht anzuschalten, ging er schnurstracks zum PC. Das war eine ausgezeichnete Gelegenheit, in Ruhe seine E-Mails zu checken. Und dann würde er duschen und mit einem Bier vor dem Fernseher warten, bis sie nach Hause käme.

Als er sich vom Rechner erhob, sah er den dunklen, braunen Fleck auf den Holzdielen. Er bückte sich und fuhr vorsichtig mit dem Finger darüber. Im Radius des blau schimmernden Monitors konnte man nicht wirklich erkennen, was das war. Neugierig geworden tastete er nach dem Schalter am Balkonfenster. Als das Licht aufflammte, wurde Adrian blass.

Die Spuren auf dem Dielenboden waren Blut, das spürte er sofort. Blut von Annika? Sein Herz raste. Was war hier passiert? Polizei!, dachte er. Für einen Moment fühlte er sich wie betäubt. Annika ist tot! Oder verschleppt?

Die Blutspur erstreckte sich bis ins Bad. Dort lag ihr blutverschmiertes T-Shirt auf den weißen Fliesen. Vorsichtig hob er das klamme Hemd hoch, doch als ihm der Geruch des geronnenen Blutes in die Nase stieg, ließ er es vor Ekel sofort wieder fallen.

Panik befiel ihn. Wo war Annika? Er stürzte in den Flur. Ihre Jacke war weg. Ebenso ihre Handtasche. Adrians Herz pochte bis zum Hals.

Du musst jetzt einen kühlen Kopf bewahren, hämmerte es in ihm. Er müsste jetzt die Polizei anrufen und alles erzählen, was seit Montagnacht geschehen war. Adrian fühlte sich auf einmal unendlich schuldig. Zum einen an Karls Tod. Und nun vielleicht auch noch an einem Verbrechen an seiner Freundin. Blankes Entsetzen bahnte sich einen Weg durch seinen Kopf.

In dem Moment fiel sein Blick auf Annikas Samsung, das auf dem Sofa lag. Sie würde niemals ohne Handy aus der Wohnung gehen, da war er sich hundertprozentig sicher. Etwas Grauenhaftes musste passiert sein.

Clara! Hatte sie ihn unter einem Vorwand ins Krematorium gelockt, damit Annika entführt werden konnte? So wie die

Wohnung aussah, hatte sie sich anscheinend erbittert gewehrt. Deine Freundin ist wie ein Schwein abgestochen worden, hämmerte es in seinem Kopf. Adrian zitterte am ganzen Körper. Keine Chance, die Situation in Ruhe zu analysieren. Und er war irgendwie schuld. Er ganz allein.

In dem Moment klingelte es an der Tür. Wie betäubt drückte Adrian auf den Knopf der Sprechanlage.

„Ja?“

„Herr Baumann? Hier ist Stefan Weber von der Kripo Frankfurt. Ich muss mit Ihnen sprechen.“

Panik befiel Adrian. Hatte er gegenüber dem Kommissar eine plausible Erklärung für das viele Blut in der Wohnung? Wer würde ihm jetzt glauben, dass das hier ein großes Missverständnis war? Und wo war Annika?

Adrians Puls raste. Raus, hämmerte sein Instinkt, erst mal raus aus dieser Mausefalle! Er würde Annika auf eigene Faust suchen. Das war die einzig vernünftige Lösung, um diese fürchterlich verfahrene Situation in den Griff zu bekommen.

Geistesgegenwärtig schnappte er seine Jacke und flüchtete in den Flur. Das Display des Aufzugs zeigte den zweiten Stock an. Mit großen Sätzen hechtete Adrian die Stufen nach unten.

Er überlegte, ob er das Taxi nehmen sollte. Den Wagen würde die Polizei sofort zur Fahndung ausschreiben. Es war klüger, mit der S-Bahn nach Griesheim zu fahren, um Clara zur Rede zu stellen. Und im Frankfurter Berufsverkehr wahrscheinlich auch am sichersten.

Als er über die Flößerbrücke sprintete, spiegelte sich die hell erleuchtete Skyline im Main. Nieselregen setzte ein. Adrian hustete. Kette rauchen und Kurzstreckensprints vertrugen sich nicht. Apropos Zigaretten. Er brauchte dringend eine Schachtel Marlboro, sonst würde sein Nervenkostüm dem Rest des Tages nicht standhalten.

Am „Sudfass“ hing ein Zigarettenautomat. Hektisch wühlte Adrian in seiner Jacke nach Kleingeld. Wo war nur die verdammte Scheckkarte für die Authentifizierung? Entnervt hieb er mit der Faust gegen den Automaten.

„Scheiße!“, fluchte er. Es war wie verhext. Seine Papiere lagen mit der EC-Karte im Taxi.

„Zigarette?“, fragte ihn ein Mann, der plötzlich neben ihn getreten war. Adrian nickte dankbar.

„Oh gerne, danke.“

Als er zu dem kahl geschorenen, muskelbepackten Hünen in schwarzer Lederjacke aufsah, durchfuhr es Adrian abwechselnd heiß und kalt. Er wusste, wer vor ihm stand. Doch an Flucht war nicht mehr zu denken. Denn der Ledermann drückte Adrian eine Pistole in die Hüfte.

„Mitkommen“, zischte er ihm ins Ohr. „Und versuch erst gar nicht, abzuhauen. Denn dann bist du tot.“

50

„Traumhaft“, nickte Edith Tannhäuser anerkennend. Der Blick aus Annika Seidenbiegels und Adrian Baumanns Wohnung war fantastisch. Dann drehte sie sich zu Stefan Weber um.

„Eine echte Glanzleistung, mein Lieber“, stellte sie ironisch fest.

Der Kommissar zuckte genervt mit dem Achseln.

„Edith, was hätte ich tun sollen? Ich war ja selbst völlig überrascht. Logisch, du hättest natürlich geahnt, dass Baumann hier in der Wohnung auf die Polizei wartet. Klar, bei deiner Erfahrung!“

Stefan war stinksauer. Edith hätte sich ihren altklugen Kommentar wirklich sparen können. Wobei er total wütend auf sich selbst war – so ein doofer Anfängerfehler. Natürlich hätte er sofort Verstärkung rufen müssen.

„Wo ist die Leiche?“, fragte Edith.

„Leiche?“ Stefan Weber war überrascht. „Hier gibt's keine Leiche. Nur Blutspuren. Davon allerdings nicht zu wenig.“ Er deutete auf das Handy auf der Couch. „Mehr haben wir von ihr bisher nicht gefunden.“

Edith blickte auf den PC, an dem sich ein Beamter der Spurensicherung zu schaffen machte.

„Erst zwei Tote, und jetzt noch ein Blutbad in Sachsenhausen“, murmelte Edith vor sich hin. „Ich sehe morgen die Schlagzeile in der BILD schon vor mir. Blutspur durch Frankfurt. Super! Der Chef wird begeistert sein.“

Stefan Weber blickte betreten zur Seite.

„Fahr mal nach Hause, wenn die hier fertig sind, und schlaf dich aus“, schlug sie ihm versöhnlich vor. „Ich geh zurück ins Büro. Irgendwie habe ich das Gefühl, dass wir etwas Wichtiges übersehen haben.“

Als sie die Wohnungstür öffnete, empfing Edith Tannhäuser ein heftiges Blitzlichtgewitter. Wütend knallte sie die Tür wieder zu.

„Und täglich grüßt das Murmeltier!“, schimpfte sie. Dann holte sie tief Luft und öffnete vorsichtig die Tür. Wie ein Sturzbach prasselten die Fragen der Journalisten auf sie ein.

51

Adrian lenkte den BMW des Hünen auf den Parkplatz vor Claras Wohnung.

„Aussteigen“, fuchtelte der Zwei-Meter-Mann mit der Pistole vor seiner Nase herum. „Und keine Faxen, sonst knall ich dich ab.“

Widerstandslos ließ sich Adrian die Treppe in den dritten Stock hochtreiben. Dann öffnete der Mann die Tür zum Apartment.

„Alex?“ Claras Stimme klang überrascht.

„Nein, ich bin's. Erik“, antwortete der Ledermann.

„Was willst du hier? Alex ist noch in München! Kannst du nicht wie alle anderen klingeln, wenn du ins Büro kommst...?“

Überrascht stand Clara im Flur. Für Sekunden kreuzte sich ihr Blick mit Adrians Augen.

„Ich hab den Taxifahrer erwischt“, grinste der Ledermann stolz und fuchtelte mit der Pistole unter Adrians Nase herum. „Alex wird stolz auf mich sein. Das hier ist endlich der Richtige!“

Clara senkte den Kopf und holte tief Luft.

„Erik, lass das.“

Klar durchschnitt ihre Stimme den Flur wie ein scharf geschliffenes Messer. Erik zuckte wie ein Schäferhund, der die Dressurprüfung seines Herrchens kurz vor Schluss gründlich vermasselt hat.

„Eh, was soll das?“, fauchte er verunsichert zurück.

Doch Claras eiskaltem Blick war auch er nicht gewachsen.

„Karl Blum war der Falsche, hat Alex gesagt. Gott sei Dank hat der Idiot hier sein Handy im Klärwerk verloren."

Adrian zuckte. Sie hatten also sein Motorola gefunden. In diesem Moment fühlte er sich verloren.

„Was machen wir jetzt mit ihm?", fragte Erik.

„Bring ihn ins Büro", wies Clara ihn an. „Und dann kannst du gehen."

„Bist du verrückt?" Empört tippte der Ledermann mit der Pistole an Adrians Kopf. „Ich warte doch nicht zwei Tage und Nächte vor der Wohnung von dem Arsch, und dann haut er mir hier ab!"

„Was ist mit Annika? Was haben Sie mit ihr gemacht?", fuhr Adrian Erik an.

„Schnauze! Du redest hier nur, wenn du gefragt wirst!"

„Erik!" Clara bebte vor Zorn. „Bring den Taxifahrer ins Büro. In Alex' Schreibtisch liegen Handschellen. Die legst du ihm an. Und dann kannst du gehen, okay?"

„Wo ist meine Freundin?", beharrte Adrian.

Erik drehte sich ruckartig um und schlug ihm völlig unkontrolliert mit der flachen Hand ins Gesicht.

„Maul halten!"

Adrian fühlte, wie aus einer Platzwunde am Mund Blut über sein Kinn lief. Bodenlose Wut keimte in ihm auf.

„Wo ist seine Freundin?", insistierte nun auch Clara.

Erik zuckte mit den Achseln.

„Keine Ahnung. Als ich mir die Alte vorhin greifen wollte, ist sie mir entwischt", knurrte er.

Clara blickte ihn durchdringend an.

„Eh, Clara, ich schwör's! Die hat sich wohl geschnitten, ist in irgendwas getreten, keine Ahnung." Und nach einer kurzen Pause: „Clara, ich hab erst gar nicht realisiert, dass das die Tussi von dem Taxifahrer ist. Die ist mir heute Morgen im Aufzug plötzlich mit Badelatschen entgegengehumpelt. Ich hab erst kapiert, dass das seine Freundin ist, als sie schon an mir vorbei war. Aber die Warterei vor der Wohnung hat sich ja trotzdem gelohnt. Das Vögelchen hier ist sogar freiwillig zurückgekehrt."

Erik grinste Adrian breit über sein brutal vernarbtes Gesicht an. „Und das nächste Mal fick' ich deine Frau", flüsterte er ihm hämisch ins Ohr.

In dem Moment explodierte etwas in Adrians Kopf. Mit aller Kraft schlug er nach Erik. Doch der Ledermann steckte den Hieb locker weg. Dann richtete er die Pistole auf Adrians Kopf.

„Wenn du jetzt noch einmal zuckst, blas' ich dir das Hirn aus dem Schädel!" Eriks Gesicht war hassverzerrt.

Adrian ließ die Faust sinken.

„Erik!"

Claras Stimme durchschnitt den Flur wie das herabfallende Beil einer Guillotine. Devot senkte der Hüne den Kopf.

„Bring ihn ins Büro und fessle ihn. Und dann verschwinde, verdammt noch mal!"

Adrian sah Clara unverwandt an. Vor zwei Stunden hatte er genau hier mit ihr darüber verhandelt, ob er freiwillig für Fesselspiele zur Verfügung stünde. Jetzt wurde er unfreiwillig vor ihren Augen in Ketten gelegt.

52

Ediths Blick flog über die Pinnwand. Das Bild der Toten, die roten Stiefeletten. Karl Blum, der Taxifahrer. Zwei Morde, die ihrem Gefühl nach irgendwie zusammengehörten. Aber wie? Und warum?

Regentropfen perlten an den Scheiben des Polizeipräsidiums herab. Draußen auf der Adickesallee hupten die Autos. Stoßstange an Stoßstange schob sich die endlose Blechschlange in den Feierabend.

Edith blätterte durch Dr. Ullrichs Bericht. Das Wort „Geschlechtsverkehr" fiel ihr ins Auge. Vielleicht sollte sie die DNA mit der von Adrian Baumann abgleichen lassen? Außerdem musste Silke morgen früh im Fahndungscomputer alles über Alexander Paul recherchieren. Wenn die Tote aus Osteuropa stammte, würde der Fall komplizierter werden und der Papierberg auf ihrem Schreibtisch sicher doppelt so hoch.

Wer lässt sich ein Arschgeweih entfernen und einen Engelsflügel tätowieren? Sie würde Stefan morgen mit dem Foto der Frau ins Golden Gate, ins Plate Platinum und ins Rough Diamond schicken. Vielleicht erinnerte sich ja irgendjemand in den Tabledance-Bars an die Frau mit den Tattoos?

Edith sinnierte einen Moment über die merkwürdigen Schürfwunden an Hals und Händen. Hatte man das Mädchen gefesselt? Tod durch Herzstillstand, vermutlich hervorgerufen durch Stromschlag, stand im Bericht der Autopsie. Wo war der Missing Link?

Zumindest versprach das Videoband aus dem Schuhladen eine heiße Spur. Die Sekretärin hatte aus dem Mitschnitt zwei Fotos generiert. Der Mann war zwar nur von hinten zu erkennen, aber die Situation, in der er das Mädchen mit hartem Griff drehte, war ziemlich eindeutig.

Edith schaute auf ihre Armbanduhr. Es war kurz vor acht. Die Geschichte würde ihr heute Abend sowieso keine Ruhe mehr lassen. Sie entschloss sich, auf dem Weg nach Hause bei Alexander Paul in Griesheim vorbeizufahren, um ihn nach seinem Alibi für Montagabend zu befragen.

Die Kommissarin griff nach dem Schlüssel für den Dienstwagen und ihrem schweren Wollmantel. Im Prinzip könnte sie auf dem Weg nach Griesheim auch noch kurz im Kuhwald halten und Anneliese Schulz das Foto von Adrian Baumann zeigen. Vielleicht würde sie ja den Mann, den sie Montagnacht auf der Straße vor Karl Blums Haus gesehen hatte, wiedererkennen.

53

Clara beugte sich über Adrian, der mit Handschellen auf der Couch saß, und lächelte ihn aufmunternd an.

„So schnell sieht man sich wieder."

Peinlich berührt blickte Adrian zur Seite. Er fühlte sich hundeelend. Irgendwie war die gesamte Situation absurd. Er spürte, wie Clara sich mit dem Schlüssel am Schloss seiner Fesseln zu schaffen machte. Mit Schwung warf sie die Handschellen auf den mit Papieren und DVDs überbordenden Schreibtisch.

„Tut mir leid. Alex hat Erik zu einem seelenlosen Pitbull abgerichtet."

Unwillig schüttelte sie den Kopf und strich eine Strähne ihrer halblangen Haare, die ihr ins Gesicht hing, lässig nach hinten. Dann ging sie zum Schreibtisch und warf Adrian sein Motorola zu.

„Hier, fangen Sie."

Wie ein Ertrinkender griff Adrian nach seinem Handy und sah Clara erstaunt an.

„Was haben Sie denn gedacht?“, fragte sie mit einem Augenzwinkern. „Dass ich die Gelegenheit, dass Sie mir gefesselt ausgeliefert sind, schamlos ausnutze?“

Adrian blickte beschämt zu Boden.

„Was haben Sie nur für merkwürdige Vorstellungen von meinem Business?“ Clara schüttelte den Kopf. Dann beugte sie sich über ihn, und er spürte ihren Atem. „Sie machen es freiwillig“, flüsterte sie ihm ins Ohr, „oder gar nicht!“

Dann drehte sie sich um und griff nach der Fernbedienung auf dem Schreibtisch.

„Mögen Sie ‚Sehnsucht' von Schiller?“, fragte sie Adrian, der ziemlich verwirrt vor ihr saß. Was war das nur für ein merkwürdiges Spiel, das sie mit ihm spielte?

„… meine Augen sind auf, doch ich sehe nicht raus. Ich schaue hinein, will verinnerlicht sein. Schalt das Innerlicht ein, was wird da wohl sein?“ Leise erfüllte die Musik von Schiller den Raum. Adrian schloss die Augen. Er mochte die Songs von Christopher von Deylen.

„Ich mag die Stelle, wo Xavier Naidoo über die Sehnsucht singt. ‚Bin wie ein Blinder, der das Sehen sucht, weil er sich nicht irgendwen sucht.' Verstehen Sie das?“

Clara, die sich neben ihn gesetzt hatte, blickte ihn mit ihren graublauen Augen fragend an. Adrian schnürte das Lied die Kehle zu. Er kannte das Gefühl, wenn er nachts allein mit dem Taxi in der Stadt unterwegs war.

„Clara, ich fühle mich dir … irgendwie verbunden.“

Als er versuchte, sie an sich zu ziehen, entwand sie sich seinem Griff und stand auf.

„Ich fühle mich Ihnen verbunden“, dozierte sie streng.

Adrian verstand nicht.

„Bitte?“

„Ich fühle mich Ihnen verbunden“, wiederholte Clara. „Ich

meine, ich will Sie nicht duzen. Wir duzen uns nicht. Kapiert? Das ist schlecht fürs Geschäft."

Adrian fühlte sich wie vor den Kopf gestoßen.

„Das ist nicht dein Ernst!"

Empört schaute er zu Clara hoch. Doch sie nickte fest entschlossen.

„Absolut ernst", wiederholte sie. „Ich möchte nicht, dass Sie mich duzen. Wir bleiben beim Sie. Das ist das Beste für alle Beteiligten." Und nach einer kurzen Pause fügte sie hinzu: „Ich finde, das Du klingt mir zu intim. Das ist in der Situation, beim Dreh, nicht hilfreich. Wenn Sie verstehen, was ich meine."

Adrian verstand nicht. Oder er wollte es nicht verstehen.

„Und was heißt das jetzt?", fragte er verblüfft.

„Wir fahren jetzt zu einer passenden Location und proben die erste Einstellung", entschied Clara. Dann öffnete sie die Schublade des Schreibtischs und holte ein Bündel Geldscheine hervor.

„Hundert Euro sollten reichen, okay?"

Sie sah Adrian fragend an.

„Für was?"

„Na, ich schulde Ihnen noch das Geld für die Taxifahrt am Montag. Oder was haben Sie jetzt gedacht?"

54

„Fuzzi, komm sofort her!"

Anneliese Schulz langte mit festem Griff nach dem Hund, der jaulend versuchte, ihren massiven Oberarmen zu entkommen. Erbarmungslos schlossen sich die Hände seiner Herrin wie eine Schraubzwinge um seine kläffende Schnauze. Fuzzi realisierte umgehend, dass er chancenlos war. Leise knurrend ergab er sich in sein Schicksal.

„Entschuldigen Sie. Aber die ganze Geschichte hat den armen Kerl völlig verwirrt“, nahm Anneliese Schulz den nach Luft schnappenden Zwergpudel in Schutz.

„Kein Problem. Ich wollte eigentlich auch nicht lange stören“, sagte Edith Tannhäuser. „Wie geht es Ihnen? Konnten Sie etwas zur Ruhe kommen?“

Anneliese Schulz schaute betreten zu Boden und zuckte hilflos mit den Schultern.

„Ich kann es immer noch nicht fassen, was passiert ist.“ Ihre Stimme bebte. „Warum ausgerechnet Karl?“

„Frau Schulz, ich würde Ihnen gerne ein Foto zeigen. Wir haben einen Verdächtigen. Vielleicht …“

Edith hielt der Nachbarin das Foto von Adrian Baumann entgegen.

„Mhh, dazu brauche ich meine Brille. Eine Sekunde.“

Sie setzte den Hund auf den Fußboden und verschwand mit dem Foto im Wohnzimmer.

Edith blickte sich im Flur um. Das Haus von Anneliese Schulz war absolut identisch geschnitten wie das von Karl Blum. Der gleiche Flur, die gleiche Treppe. Sicher auch die gleiche Gästetoilette hinter der Eingangstür rechts. Alles wirkte sauber und adrett.

„Möchten Sie etwas trinken?“, rief die Nachbarin aus dem Wohnzimmer in den Flur.

„Danke, ich habe noch einen Termin“, winkte Edith Tannhäuser freundlich, aber bestimmt ab.

Anneliese Schulz kehrte zurück und gab ihr das Foto von Adrian Baumann zurück.

„Tut mir leid. Ich bin mir nicht sicher, ob das der junge Mann gewesen ist“, entschuldigte sie sich. Kummer lag in ihrer Stimme. „Ich hab den Mann ja nur von hinten gesehen, als er zum Taxi ging. Jeans, Lederjacke, dunkle Haare … so sehen in Frankfurt doch viele junge Männer aus, oder?“

„Da haben Sie recht. Tut mir leid, dass ich Sie gestört habe“, entschuldigte sich Edith Tannhäuser. „Aber wir werden den Mörder von Karl Blum finden. Das verspreche ich Ihnen.“

Anneliese Schulz stand hilflos im Flur und schaute betreten auf ihren Hund. „Das hat Karl wirklich nicht verdient. Haben Sie heute die BILD gelesen? Furchtbar … Und was diese Journalisten alles von mir wissen wollten! Der arme Mann, der hatte so eine Last mit der Pflege seiner schrecklich verwirrten Mutter. Das ist alles furchtbar, einfach nur furchtbar, dass er so grausam sterben musste.“

Edith nickte verständnisvoll.

„Ich stelle es mir nicht leicht vor, wenn ein Mann in seinem Alter über Jahre hinweg seine inkontinente Mutter pflegt …“

„Inkontinent?“ Anneliese Schulz war verblüfft. „Wer erzählt denn so was? Sicher die Klein von gegenüber! Die redet den ganzen Tag dummes Zeug, wenn sie nicht die Abfalltonnen kontrolliert, ob man den Müll auch wirklich ordentlich getrennt hat. Aber das geht jetzt echt zu weit!“

Anneliese Schulz war zutiefst empört.

„Karls Mutter hatte Alzheimer. Die wusste oft nicht, wer sie war und wo sie war, wenn sie hier durch die Kuhwaldsiedlung gegeistert ist. Das war manchmal sehr peinlich für Karl … Die ist ja mal nur im Nachthemd mit Pantoffeln einholen gegangen. Da war was los bei Tengelmann! Deshalb ist Karl ja auf Nachtschichten umgestiegen, dann hatte er seine Mutter tagsüber unter Kontrolle. Aber inkontinent? Nee, das stimmt überhaupt nicht.“

Anneliese Schulz schüttelte angeekelt ihren Kopf.

„Ähm, wir haben …"

Edith Tannhäuser stockte. Sollte sie der Nachbarin sagen, dass die Kripo im Schlafzimmer des ermordeten Taxifahrers ein angebrochenes Windelpaket für Erwachsene gefunden hatte?

„Sagen Sie, haben Sie noch den Ersatzschlüssel für das Haus von Karl Blum?"

Anneliese Schulz nickte.

„Die Polizei hat aber die Tür versiegelt", stellte sie staatstragend fest.

„Frau Schulz, ich bin die Polizei."

Ediths Stimme duldete keinen Widerspruch.

Dienstbeflissen huschte die Nachbarin vor dem wild kläffenden Zwergpudel durch den Flur in die Küche und kehrte umgehend mit einem Schlüsselbund zurück. Die Kommissarin war überzeugt, etwas Entscheidendes am Tatort übersehen zu haben. Aber was?

Als sie auf ihre Armbanduhr schaute, war es halb neun. Wenn sie Alexander Paul jetzt noch einen Besuch abstatten wollte, würde sie erst auf dem Rückweg ausreichend Zeit haben, um das Haus von Karl Blum ein zweites Mal zu inspizieren.

„Sie bekommen den Schlüssel zurück, Frau Schulz. Und vielen Dank nochmals für Ihre Hilfe", tröstete Edith die verloren im Flur stehenden Frau.

55

Clara blickte Adrian erwartungsvoll an. „Wenn ich mich umgezogen habe, fahren wir zum Venusberg. Kennen Sie die Bar in der Uhlandstraße?"

Adrian nickte.

„Ich habe vor Kurzem einen Gast zur ‚Dress As You Like!'-Party gefahren. Sammelt der Inhaber nicht so 'ne Art erotischen Nippes im Kellergewölbe?"

„Die Lesungen dort sind Kult", lachte Clara. „Ich habe eine Verabredung mit Frau Dr. Brückner. Und danach können wir in der Sansibar etwas trinken? Natürlich nur wenn Sie möchten."

„Wer ist Frau Dr. Brückner?", fragte er.

„So etwas wie das … Schnittstellenmanagement der Darling-Produktion. Oder glauben Sie, man könnte ohne staatliche … ähm … Expertin einfach so eine Location wie das Niederräder Klärwerk mieten? Ich meine, was glauben Sie, was passiert, wenn ich beim Stadtentwässerungsamt anrufe und frage, ob die mir das Gewölbe für ein Video vermieten? Frau Dr. Brückner klärt unsere … Verwaltungsangelegenheiten. Vergleichen Sie sie mit dem Service-Center im Ordnungsamt", lächelte Clara. Dann kramte sie in ihrer Handtasche. Als sie ihr Handy auf den Tisch legte, sah Adrian, dass das Amulett mit den Lederbändern, den Ringen und dem Engelsflügel wieder an ihrem Telefon befestigt war.

„Möchten Sie etwas trinken?"

Adrian nickte.

„Ein Bier wäre jetzt echt cool."

Nach einer Minute kehrte Clara grinsend aus der Küche zurück. Lässig pustete sie sich eine Haarsträhne aus der Stirn. Das Pandora-Armband klimperte an ihrem Handgelenk. Sie legte den Kopf schief und schaute Adrian verschmitzt an.

„Musik?"

Adrian nickte. Clara startete den CD-Player. „Another Day in Paradise" erfüllte den Raum.

„Ich mochte von Anfang an Ihre wunderschönen Augen. Diese Bernsteinfarbe hat so etwas Sanftmütiges."

In Claras Stimme schwang Sehnsucht. Adrian pochte das Herz bis zum Hals. Vielleicht war sie ja doch nicht so professionell und unnahbar, wie sie sich in den vergangenen 48 Stunden gegeben hatte.

Clara schaute über ihn hinweg zum Fenster.

„Warum sind Sie …?" Adrian schluckte.

„… Schauspielerin geworden?", lachte Clara. Dann setzte sie sich mit einem Glas Champagner neben Adrian.

„Geplant als Beruf war das zumindest nicht. Ich bin da eher reingeschlittert. Escort-Service neben dem Studium, das war lukrativ und interessant. Ich habe es genossen, so schnell so viel Geld zu verdienen, um mir spontan das kaufen zu können, was mir gefällt. Irgendwann kommt dann aber eines zum anderen, Sie brechen das Studium ab, und Ihr Leben steuert in eine Einbahnstraße. Und irgendwann wollen Sie auch nicht mehr als Verkäuferin bei Karstadt oder Woolworth auf der Zeil für einen Bruchteil des Geldes fünf Tage in der Woche buckeln und mit hundert Euro über Hartz nach Hause gehen. Als ich 26 war, habe ich Alexander Paul kennengelernt … und dann nahmen die Dinge eben ihren Lauf."

Clara stockte und blickte über Adrian hinweg in die Dunkelheit der Dachterrasse.

„Wir sind verheiratet."

Es war wie ein Schlag in die Magengrube. Betreten sah Adrian auf den Tisch.

„Jetzt brauche ich eine Zigarette."

Nachdenklich griff er nach der Schachtel Marlboro, die neben dem Engelamulett auf dem Tisch lag.

„Mein Leben passt nicht in Ihr Konzept, oder?"

Adrian stand auf und ballte die Fäuste in den Hosentaschen.

„Ich habe von einer Ehe, ähm … andere Vorstellungen. Das ist mir alles zu hoch. Das verstehe ich nicht. Wenn ich verheiratet wäre, würde ich nicht vor den Augen meiner Frau …“ Adrian versagte die Stimme.

„… Sex mit einem anderen Partner haben?“, fragte Clara. „Das mit der Liebe ist schon lange vorbei. Wenn Sie mal achtzehn Jahre verheiratet sind, sehen Sie vieles nicht mehr durch die rosarote Brille. Wir sind heute ein gutes Team, wo jeder dem anderen blind vertraut.“

„Aha.“ Adrian blieb skeptisch. „Dann hat er Ihnen von Karls Tod erzählt?“

Clara senkte ihren Blick.

„Ja oder nein?“, insistierte Adrian.

Clara blickte beschämt zur Seite, doch Adrian ließ nicht locker. Er stand auf und drückte ihren Kopf hoch, sodass sie ihm in die Augen sehen musste.

„Ja oder nein?“, wollte er wissen.

Clara schloss die Augen. Adrian schüttelte sie an den Schultern.

„Ich will eine Antwort!“

„Lassen Sie mich in Ruhe.“

Clara schlug nach seiner Hand wie nach einem lästigen Insekt. Doch Adrian wollte sich nicht so einfach abwimmeln lassen. Einem Impuls folgend drückte er sie in die Couch.

„Sagen Sie es mir, bitte! Ich muss es wissen. Es ist wichtig für mich.“

Clara wehrte sich nicht.

„Ich hab es nicht gewusst“, flüsterte sie traurig. Dann drehte sie ihren Kopf zur Seite. „Alex hat sich verändert. … Alles ist irgendwie anders geworden.“

Adrian lockerte den Griff, und Clara sackte in sich zusammen. Sie sah traurig und müde aus. Er fühlte, dass sie die Wahrheit gesagt hatte.

„Clara, man kann nicht einfach einen Menschen töten, weil er ein Schweigegelübde gebrochen hat. In welcher Welt leben Sie denn?"

Clara zuckte hilflos mit den Achseln. Ihr Blick ging über Adrian hinweg ins Leere.

„Ich weiß nicht, wie es mit der Firma weitergeht, wenn Sie zur Polizei gehen", sagte sie ruhig und gefasst. „Sagen Sie mir, wovon ich dann leben soll."

„Sie müssen die Verantwortung für das übernehmen, was passiert ist."

Adrian blickte Clara direkt in die Augen. Sie seufzte tief.

„Das ist das Ende der Darling-Produktion. Das ist mein Ende."

Ihre großen graublauen Augen schauten ihn durchdringend an. Adrian fühlte sich schlecht. Irgendwie war er schon wieder schuldig. Das alles war nicht sein Film.

Einem Impuls folgend zog er Clara an sich heran. Vorsichtig strich er ihr eine Haarsträhne aus dem Gesicht.

„Sie sind wunderschön."

Clara lächelte.

In dem Moment klingelte es an der Tür.

56

„Sehr geehrte Damen und Herren. Kapitän Willenberg und seine Crew begrüßen Sie an Bord Ihres Lufthansa-Fluges von München nach Frankfurt ..."

Alexander Paul schaltete sein Handy aus und blickte nervös auf die Uhr. Es war kurz vor neun. In knapp einer Stunde würde die Maschine in Frankfurt landen. Auch wenn Eriks Anruf ihn elektrisiert hatte, spürte er, dass er jetzt unbedingt einen kühlen Kopf bewahren musste. Erst wollte er Clara anrufen. Doch es war besser, wenn sie nicht unnötig Misstrauen schöpfte. Sie war klug und würde Fragen stellen, die er jetzt noch nicht beantworten wollte. In Anbetracht der fortgeschrittenen Vertragsverhandlungen war es wenig zielführend, sie mit unwichtigen Details zu belasten.

Die Abendmaschine von München nach Frankfurt war nicht ausgebucht. Erik würde ihn am Airport abholen. Und dann würde er sich den Taxifahrer vornehmen, bevor der Lederhüne wie schon Montagnacht Unheil anrichten würde. Die Unbeherrschtheit, mit der er Karl urplötzlich niedergeschlagen hatte, war absolut kontraproduktiv gewesen. Aber er hätte auch nie damit gerechnet, dass der devote Taxifahrer Erik grundlos provozieren würde.

Klar, Erik verachtete Männer, die sich von Frauen wie kleine Kinder gängeln ließen. Aber als das schmächtige Männchen Erik plötzlich als brutalen Ficker beschimpft hatte, war die Situation außer Kontrolle geraten. Der Bruch der Vereinbarungen mit der Darling-Produktion hatte Erik dann völlig ausrasten lassen. Als der Taxifahrer wimmernd im Flur lag, musste die letzte Sicherung durchgebrannt sein.

Alexander Paul wusste, dass er Clara eine Erklärung für den Tod von Karl Blum schuldete. Bislang war es ihm jedoch immer gelungen, ihre Zweifel zu zerstreuen, wenn sie misstrauisch geworden war. Das war gut fürs Geschäft, trotz der dunklen Wolken, die sich in den vergangenen Wochen über der Darling-Produktion zusammengebraut hatten. Die amerikanische Konkurrenz von Kinks.com mischte den deutschen Markt mächtig auf. Billiger, schneller, größere Auswahl und nur mit ICRA-Label versehen, waren die Amis bei Videos on Demand im Internet einfach unschlagbar. Die deutschen Jugendschutzanforderungen gingen Alexander Paul dagegen mächtig auf den Zeiger. Mit den deutschen Gesetzen war man in einer globalisierten Welt weder handlungs- noch konkurrenzfähig. Außerdem war Claras Stern am Sinken. Das signalisierten ihm die seit Monaten rückläufigen Umsätze der Online-Abrufe. Wenn sie nicht immer wieder Sonderaufträge für Dr. Brückner akquirieren würde, wäre die Darling-Produktion längst insolvent.

Doch richtig schwierig war es im Prinzip erst geworden, als er im Berliner „Club der Visionäre" Patricia kennengelernt hatte. Ihre Haut, ihr Lachen. Sie war ein Traum. Und hatte sich ohne Wenn und Aber auf ihn eingelassen. Mit Clara war es in den vergangenen Jahren zunehmend anstrengender geworden. Und ihr Alter forderte eben auch seinen Tribut. Keine Frage, sie sah mit 48 noch klasse aus. Man sah ihr an, dass sie nie geraucht hatte. Mit zwanzig oder dreißig machte das bei Frauen nicht wirklich einen Unterschied, aber danach hinterließ das Nikotin im Gesicht mehr als nur Spuren. Dennoch – 48 war 48. Aber mit etwas Botox und Silikon ließ sich der Verfall sicher hinauszögern. Hatte nicht Brigitte Nielsen vorgemacht, wie erfolgreich die plastische Chirurgie war?

Was Alexander momentan jedoch mehr beunruhigte als der Verfall von Claras Marktwert im virtuellen Geschäft war der Tipp eines Informanten. Die Abteilung für Wirtschaftskriminalität im Frankfurter Polizeipräsidium interessiere sich angeblich für die Darling-Produktion. In absehbarer Zeit müsse er wohl mit einem Besuch der Steuerfahnder rechnen.

Deshalb war es vernünftig, so schnell wie möglich an Kinks.com zu verkaufen. Im Prinzip brauchte er nur noch Claras Unterschrift unter dem heute Morgen in München ausgehandelten Vertrag.

Leider hatte Patricias Tod die gesamte Situation verkompliziert. Und dass Erik in der Wohnung von Karl Blum durchgedreht war, hatte so auch nicht im Skript gestanden.

Clara hatte heute Morgen auf dem Anrufbeantworter besorgt geklungen. Aber er hatte nicht zurückgerufen. Zum einen, weil sich die Verhandlungen mit dem neuen Europamanager von Kinks.com in die Länge gezogen hatten. Die Amerikaner wollten keine Altlasten übernehmen. Clara passte nicht ins zukünftige Marketing- und Vertriebskonzept. Nur noch junge Frauen sollten gecastet werden. Am besten Osteuropäerinnen, die galten als pflegeleicht. Aber im Prinzip war es egal. Die wirtschaftliche Lage ließ viele Frauen ins Video-Business einsteigen, um schnelles Geld zu verdienen.

Claras Konzept von Authentizität, das sie die Filme an Originalschauplätzen drehen ließ, sorgte bei den US-Managern für Unverständnis. Wer wollte so etwas Spleeniges sehen? Viel zu aufwendig, zu anspruchsvoll, zu teuer. Die Darling-Produktion würde unter US-Management knallhart auf Massengeschmack getrimmt werden. Mainstream. Das war lukrativ. Die Triebfeder des Internets sind billige Pornofilme und kein authentisch verklärter kultureller Schnickschnack, hatte ihm sein amerikanischer Geschäftspartner amüsiert erklärt. Effektiver seien Studios. Da könne man professionell rund um die Uhr arbeiten. Statt Locations auszuwählen, die am nächsten Tag wieder für ihre originäre Bestimmung zur Verfügung stehen müssten.

Alexander Paul fand das ausgesprochen plausibel. Das würde auch den Wünschen seiner Kameramänner entgegenkommen. Die einzige Klippe war jetzt noch Clara. Es würde sicher nicht leicht werden, sie zu überzeugen. Aber hätte sie eine Alternative? Die Übernahme der Darling-Produktion wäre das Aus ihrer Geschäftsidee. Und im Prinzip die Trennung. Und zwar nicht nur beruflich, auch privat. Seit er Patricia kennengelernt hatte, wusste er, was er wirklich in diesem Leben wollte. Oder was er nicht mehr wollte. Von Vorteil war es zwar immer gewesen, dass er auf Claras absolute Loyalität zählen konnte. Aber der Rest? Vieles war nach knapp zwanzig Jahren Ehe Gewohnheit. Gut, die steuerlichen Gründe waren ein Vorteil. Wobei es nicht notwendig sein würde, sich scheiden zu lassen. Das würde auch Clara einsehen, denn die finanziellen Vorteile der Ehe würden auch ihre Zukunft absichern.

Clara hatte unbestritten eine Ausstrahlung, die Menschen faszinierte. Ihre Augen waren echter Wahnsinn. Oder ihre laszive, erotische Stimme, besonders wenn sie lachte. Aber auf ihn übte das alles keinen Reiz mehr aus. Er wollte jetzt endlich in ein neues Leben durchstarten. Und sicher würde er auch wieder einer Frau wie Patricia begegnen. Sie hatte ihm gefallen. Wenn sie ihn bedingungslos anhimmelte, fühlte er sich bestätigt. Alexander seufzte nachdenklich auf, als der Schub der Rolls-Royce-Triebwerke den Airbus kurz vibrieren ließ. Dann hob der Jet sanft in den wolkenverhangenen Nachthimmel über München ab.

57

Es war kurz vor neun, als Edith Tannhäuser bei „Paul und Sander“ klingelte. Auf ein fragendes „Ja?“ antwortete sie kühl: „Tannhäuser, Kripo Frankfurt. Können Sie bitte aufmachen?“

Nach einer kurzen Pause hörte sie den elektronischen Türöffner. Energisch stapfte Edith die Treppen hoch bis zum dritten Stock. Als sie auf die Klingel drückte, öffnete sich die Wohnungstür.

„Ja?"

„Guten Abend, Tannhäuser, Kripo Frankfurt", stellte sich Edith vor und zückte ihren Ausweis.

„Ich möchte gerne Herrn Paul sprechen."

„Der ist leider nicht da", antwortete eine attraktive Frau, die Edith auf Anfang bis Mitte vierzig schätzte. „Er ist geschäftlich in München."

Edith überlegte kurz. Dann musterte sie die Frau intensiver. Gepflegte Erscheinung. Perfekt geschminkt. Um den Hals trug sie eine Silberkette. Als Edith den Silberflügel sah, schloss sie für eine Sekunde die Augen und holte tief Luft.

„Frau … Sander?"

Clara nickte.

„Frau Sander, ich würde Ihnen gerne ein paar Fragen stellen. Hätten Sie einen Augenblick Zeit für mich?"

Edith schaute Clara forsch an. Widerspruchslos öffnete sie die Tür.

„Kommen Sie herein."

Edith registrierte sofort, dass die geschmackvoll eingerichtete Wohnung überhaupt nicht in das abgewohnte Mietshaus passte. Das weiße Ledersofa, die modernen Fotografien an den Wänden, der großzügig erleuchtete Balkon. Auf dem Tisch standen zwei benutzte Gläser. Daneben lag eine Schachtel Marlboro.

Umständlich nestelte Edith zwei Fotos aus den Tiefen ihres Winterwollmantels.

„Kennen Sie die Frau auf den Fotos? Und kennen Sie den Mann?"

Clara zuckte.

„Das ist mein Mann, Alexander Paul", erwiderte sie mit tonloser Stimme.

„Und die Frau? Kennen Sie die?", beharrte Edith.

Clara schüttelte den Kopf.

„Nein, leider nicht."

„Sicher?"

„Ist das jetzt ein Verhör?" Claras Augen blitzten angriffslustig. Doch im gleichen Moment fing sie sich und wurde verbindlich. „Ich kenne die Frau wirklich nicht. Nie gesehen. Warum?"

Kritisch musterte Edith Clara. Etwas in ihrer Stimme hatte nach tiefer Enttäuschung geklungen.

„Wissen Sie, wann Herr Paul zurückkommt?"

Clara zuckte mit den Achseln.

„Morgen. Morgen Mittag wollte er aus München zurückfliegen. Er führt dort Vertragsverhandlungen. Aber das sagte ich ja bereits."

„Hübsche Kette. Guter Geschmack."

Edith deutete mit dem Zeigefinger auf Claras Engelsflügel. Intuitiv strich Clara über den Silberschmuck.

„Gefällt er Ihnen?"

Edith nickte.

„Ja, irgendwie ungewöhnlich. Finden Sie nicht?"

Dann hob sie erneut das Foto von Patricia und Alexander Paul hoch.

„Die Frau ist tot. Und Ihr Mann war am Montag mit ihr auf der Zeil einkaufen. Wir haben davon eine Videoaufzeichnung …"

Clara senkte den Kopf. Es war nicht das erste Mal, dass Alex mit einem Videogirl der Darling-Produktion etwas anfing. Aber sie konnte sich nicht erinnern, dass er je mit einer von ihnen shoppen gewesen war. Sie warf einen zweiten Blick auf das Foto und fühlte eine tiefe Enttäuschung. Das Foto log nicht. Hier waren offensichtlich Gefühle im Spiel. Die Fotos zeigten eindeutig einen Mann und eine Frau, die etwas füreinander empfanden.

Auch wenn ihre Ehe in den vergangenen Jahren viel eingebüßt hatte, war es ihr und Alex immer gelungen, Business und Gefühl zu trennen. Seit einigen Monaten schien das Konzept jedoch nicht mehr aufzugehen. Clara hatte viel über die Ursachen gerätselt. War es wirklich so banal, so naheliegend gewesen? Nach achtzehn Jahren Ehe schlich sich sicher Alltagstrott ein. Aber in welcher Beziehung war das nach so langer Zeit nicht der Fall? Immerhin hatten sie gemeinsam ein Unternehmen aufgebaut. Die Darling-Produktion war so etwas wie ihr Kind. Das würde so ein dahergelaufenes Videogirl nicht von heute auf morgen zerstören. Da war sich Clara absolut sicher. Trotzdem spürte sie, wie das Foto ihr für einen Moment den Boden unter den Füßen entzog. Ihr Blick schweifte über Edith Tannhäuser hinweg in die Ferne.

„Tut mir leid … Ich kann Ihnen nicht helfen. Keine Ahnung, wer diese Frau ist, mit der sich mein Mann … getroffen hat."

Clara rang sichtlich um Fassung und spürte, wie ihr die Stimme für einen Augenblick entglitt.

„Entschuldigen Sie bitte. Wenn Sie keine weiteren Fragen haben, würde ich Sie gerne zur Tür begleiten."

Die Kommissarin nickte.

„Ach, könnten Sie mir die Handy-Nummer Ihres … Mannes geben? Und die Adresse des Hotels, wo er in München übernachtet."

Clara senkte den Blick und zögerte.

„Keine Ahnung, welches Hotel mein Mann reserviert hat. Tut mir leid. Er bucht seine Geschäftsreisen selbst. Ich weiß es wirklich nicht."

Das war die Wahrheit. Als Clara die Tür hinter der Kommissarin geschlossen hatte, fühlte sie sich zum ersten Mal seit sehr langer Zeit zutiefst verunsichert. Sie hatte nie in Alex' Geschäften herumspioniert oder versucht, ihn zu kontrollieren. Das war einfach nicht ihr Ding. Sie liebte es, im Film Kontrolle über andere auszuüben. Aber in ihrem Privatleben wäre ihr so ein Verhalten ausgesprochen absurd vorgekommen. Sie hatte Alex immer vertraut. Was würde es bringen, hinter ihm herzutelefonieren?

Für ihre Freundinnen war Telefonkontrolle der absolute Liebesbeweis. Für sie war es Hölle pur. Komisch, dass erst eine Kommissarin ihr ein Foto zeigen musste, um ihr klarzumachen, dass sie viel zu vertrauensselig war.

Das Foto von Alex mit Patricia hatte Clara irritiert. Sie kannte ihn schon so lange. Er war immer ein distanzierter Mann gewesen. So hatte sie ihn zumindest wahrgenommen. Aber das Foto erzählte eine andere Geschichte. Wie er Patricia im Griff hatte, das sprach Bände.

Clara spürte einen Stich in ihrer Brust. So fühlt es sich also an, wenn man ausgemustert wird.

58

Ruhig lag die Friedrich-Naumann-Straße im Licht der Straßenbeleuchtung. Edith Tannhäuser stoppte den Wagen direkt hinter dem Taxi von Karl Blum. Es war kurz vor zehn, doch die Kuhwaldsiedlung wirkte wie ausgestorben.

Ihr Kopf sortierte akribisch die Fakten. Irgendetwas an Claras Blick, an ihren Gesten hatte Ediths Spürsinn geweckt. Warum hatte sie so merkwürdig kontrolliert auf das Foto ihres Mannes, das ihn in einer sehr eindeutigen Situation mit einer anderen Frau zeigte, reagiert? War das normal? Oder war es Clara Sander egal gewesen, mit wem sich ihr Mann zum Schuhekaufen traf?

Edith grübelte. Ihre letzte Beziehung lag schon etwas länger zurück. Aber wenn ihr jemand so ein Foto unter die Nase halten würde, dann hätte sie sicher nicht so kühl und beherrscht reagiert. War es mittlerweile alltäglich, dass der eigene Ehemann mit einer fremden Frau verliebt bummeln ging? Nein, da passte etwas nicht. Nur was?

Edith schloss die versiegelte Tür von Karl Blums Haus auf. Im Nebenhaus kläffte wütend ein Hund. Dann knipste sie das Licht im Flur an. Es roch muffig. Aufmerksam wanderte ihr Blick durch das Wohnzimmer. Auf dem Tisch stapelten sich Papiere, Ordner mit Rechnungen, Steuererklärungen, Quittungsbelegen. Flüchtig blätterte die Kommissarin durch die Kontoauszüge. Nichts Auffälliges, Strom, Gas, Telefon, kein Internet-Anschluss. Alles penibel aufgelistet.

Edith Tannhäuser seufzte, als sie die Schubladen des Eichenschranks eine nach der anderen aufzog. Ein paar vergilbte Fotos, die Betriebsanleitung für den DVD-Player, eine Sonnenbrille, ein unbenutzter Aschenbecher, diverse Schlüssel. Der Blick der Kommissarin schweifte zum Regal. Säuberlich aufgereiht standen dort Dutzende DVDs mit bekannten Filmtiteln der 50er Jahre. „Das Fenster zum Hof", „Vertigo", „Der unsichtbare Dritte", „African Queen", „Sie küssten und sie schlugen ihn".

Edith kannte nahezu alle Titel aus ihrer Jugendzeit. Aber das lag weit zurück, und die Erinnerungen waren nur noch blass. Kaum einer der Schauspieler war ihr noch präsent. Zum Beispiel „Das Fenster zum Hof" – sie wusste, sie hatte diesen Film früher geliebt, aber heute fiel ihr trotz intensiven Nachdenkens nicht einmal mehr der Name des Hauptdarstellers ein. Grübelnd zog sie den Film aus dem Regal und öffnete die Hülle. Was sie sah, verblüffte sie.

Vor ihr lag der Schlüssel zur Lösung des Rätsels. Hastig öffnete sie ein zweites Cover. Wie Schuppen fiel es ihr von den Augen, warum Karl Blum Windeln in seinem Schlafzimmer gehortet hatte.

Nachdenklich legte sie die DVDs auf den Tisch und schaute auf die Fotos an der Wand. Karl Blum und seine Mutter. Karl Blum und sein Taxi. Edith holte tief Luft und wischte dann ihre düsteren Gedanken zur Seite.

„Stefan? Sorry, dass ich dich so spät noch störe. Ich habe da etwas im Haus von Karl Blum gefunden. Kannst du noch mal ins Präsidium kommen? … Du wolltest mich eben anrufen? Warum? Silke? … Ich war eben bei Alexander Paul. Aber seine Frau hat gesagt, er sei geschäftlich in … Was? Wieso sagt mir das niemand? Typisch!“

Wütend drückte Edith Tannhäuser die rote Austaste ihres Handys. Dann stopfte sie eine Handvoll DVDs in die breiten Taschen ihres Wollmantels und zog die Tür von Karl Blums Haus fest hinter sich ins Schloss.

59

Clara saß schweigend auf der Couch, als Adrian aus dem Schlafzimmer zurückkehrte.

„Was ist los?“

Clara zuckte mit den Achseln und sah zu ihm hoch.

„Ich weiß nicht …“

Clara senkte ihren Blick und musterte ihre Hände. Sie fühlte auf einmal eine beängstigende Leere in sich. Als ob etwas wegbrach, was ihr jahrelang wie ein Korsett Halt gegeben hatte.

Adrian musterte Clara, die blass und hilflos wirkte.

„Clara?“

„Er hatte eine Affäre mit Patricia.“

Claras Blick wirkte unendlich traurig. Unschlüssig griff Adrian nach der Schachtel Marlboro und ging zur Balkontür.

„Tut mir leid, aber ich komme nicht mit.“ Er schob die Tür auf und zündete sich eine Zigarette an. „Was heißt das? Wollen Sie damit sagen, dass Alex Sie umbringen wollte? … Dass das defekte Kabel im Niederräder Klärwerk gar kein Unfall war?“

Clara schüttelte den Kopf. Aber es wirkte nicht sonderlich überzeugend.

„Warum sollte er Patricia töten, wenn er eine Affäre mit ihr hat? Das macht keinen Sinn, oder?“

Adrian inhalierte tief.

„Vertrauen Sie Ihrem Mann immer noch?“

Clara zuckte.

„Bis vor einer halben Stunde hätte ich diese Frage ohne zu zögern mit ja beantwortet. Aber jetzt …“ Clara stockte. „Ich weiß nicht, was ich jetzt denken soll. Es geht alles viel zu schnell.“

Adrian schnippte die Zigarette über das Geländer.

„Clara, er hat zusammen mit Erik Karl Blum ermordet, weil der das Schweigegelübde der Darling-Produktion gebrochen hatte. Und er wird mich umbringen, weil ich da unten im Klärwerk der einzige Zeuge war, dessen Aussage er jetzt fürchten muss. Was soll noch geschehen …? Clara, Ihr Mann belügt und betrügt Sie! Kommen Sie endlich zur Besinnung!"

Adrians Stimme klang verzweifelt. Sein Entschluss war gefasst. Er würde jetzt gehen. Keine Sekunde länger würde er dulden, dass ihm irgendwo in dieser Stadt ein durchgeknallter Zwei-Meter-Mann auflauert.

„Sie müssen sich entscheiden!"

Clara blickte Adrian traurig an, und er sah, wie sich ihre Augen langsam mit Tränen füllten. Dann senkte sie ihren Blick.

„Clara! Das ist kein Film. Das ist Realität!"

Adrian schüttelte sie an den Schultern. Lautlos liefen Tränen über ihre Wangen. Eine tiefe Verzweiflung packte ihn. Er spürte, dass die Zeit drängte, aber er wollte die Wohnung nicht ohne Clara verlassen. Sein Gefühl signalisierte ihm, dass sie dann in Gefahr war. Er rüttelte sie heftiger, doch ihre Reaktion war gleich null. Nichts.

In dem Moment klingelte Claras Handy. Wie eine Ertrinkende griff sie nach dem schwarzen Telefon.

„Alex … ich ..." Wie betäubt kehrte sie in die Gegenwart zurück. „Frau Dr. Brückner … oh Entschuldigung, das tut mir leid. Ich habe den Termin im Venusberg völlig …"

Stotternd nickte Clara.

Adrian war fassungslos. Ihm war unbegreiflich, wie man so schnell vom absoluten Gefühlstief auf die rationale Funktionsebene zurückkehren konnte. Clara blieb ein Rätsel. Ein Chamäleon, so facettenreich, wie er nie zuvor jemanden kennengelernt hatte. Kühl, berechnend, erotisch, gefasst, enttäuscht, gefühlvoll, diszipliniert. Alles auf einmal. Er fühlte sich wie auf einer gigantischen Achterbahn mit ihr.

„Ja, kein Problem … nein, nein, ich habe das Geld. Wir treffen uns in Ihrem Büro. Tut mir leid. Es wird nicht wieder vorkommen. Nein, es ist alles in Ordnung. Ja …Herr Paul ist geschäftlich in München … Ja, natürlich. Dann bis gleich."

Adrian blickte Clara ungläubig an.

„Und jetzt?"

„Jetzt fahren wir zur Commerzbank und erledigen den Auftrag. Und dann gehen wir zur Polizei."

Adrian folgte Clara ungläubig ins Bad. Mit geübtem Griff stäubte sie mit dem Make-up-Pinsel Puder über ihr Gesicht. Doch sie wirkte künstlich und angespannt.

„Wie eine Schaufensterpuppe, nicht wahr?", fragte sie Adrian, der hinter ihr stand und sie im Spiegel beobachtete.

Als sie sich fragend auf dem Waschbecken abstützte, musterte er ihr Gesicht.

„Wollen Sie wirklich eine ehrliche Antwort?"

Clara sah Adrian mit großen Augen an und nickte.

„Sie sind nicht leblos. Und Sie sind auch keine Puppe. Aber Sie funktionieren wie ein seelenloser Roboter." Traurig senkte er seinen Blick. „Sie haben etwas, was mir total Angst macht. Obwohl ich Sie sehr schön finde."

Clara lächelte schwach. „Wirklich?"

„Ehrliche Frage, ehrliche Antwort!"

Adrian stand hinter Clara und schaute in den Spiegel.

„Sie sind mir in jeder Hinsicht haushoch überlegen. Aber das beunruhigt mich nicht. Ich habe kein Problem mit Ihrer Stärke oder mit meinem Selbstbewusstsein. Ich suche auch keine Mutter, wenn Sie meinen, dass das Alter eine Rolle spielt. Es ist Ihre Härte. Dieses Professionelle. Sie knipsen Gefühle an und aus wie ich einen Lichtschalter. Damit kann ich nicht umgehen."

Clara drehte sich zu ihm um.

„Sie müssen keine Angst haben, okay?" Dann stieß sie sich vom Waschbecken ab. „Lassen Sie uns fahren. Wir haben noch einen Auftrag zu erledigen."

60

Unerbittlich trommelte der Regen gegen die Scheiben des Polizeipräsidiums.

„Die Bewegungsprofile der Handys stimmen nicht.“ Stefan Weber runzelte die Stirn, nachdem er zwei Papierbögen auf Ediths Schreibtisch miteinander verglichen hatte. „Wenn die Überwachungsdaten stimmen, war Adrian Baumann seit Montagabend zur gleichen Zeit an verschiedenen Orten.“

Edith Tannhäuser blickte verständnislos auf die eng bedruckten Faxprotokolle des Mobilfunkunternehmens.

„Kannst du mir das erklären? So, dass ich das verstehe?“

Edith wirkte leicht ungehalten. Wie immer, wenn sie die neuen technischen Überwachungsmethoden nicht auf Anhieb verstand.

Stefan Webers Finger fuhren langsam über Uhrzeiten und Standorte.

„Anhand der Daten kann man nicht nur ablesen, mit wem die Zielperson telefoniert hat, sondern auch, wo sie zum Zeitpunkt des Telefonats unterwegs war. Solche Bewegungsprofile sind zum Beispiel ausgesprochen hilfreich für die Drogenfahnder, denn die meisten Dealer wechseln ihre SIM-Karten häufiger als ihre Hemden. Allerdings behalten sie in der Regel ihr Handy, weil sie mit den Funktionen der Tastatur bestens vertraut sind.“

Fragend sah Edith ihren Kollegen an.

„Nicht aufgepasst bei deiner letzten Fortbildung?“, frotzelte der. „Also, weil du's bist, Edith. Auf jeder SIM-Karte im Handy ist ein 15-stelliger IMSI-Code programmiert. Dieser Code wird weltweit nur einmal vergeben. Mittels eines IMSI-Catchers kann man diesen Code knacken und den Handybesitzer unbemerkt beschatten. Oder eben durch die Vorratsdatenspeicherung ein Bewegungsprofil für Straftäter erstellen, da die Mobilfunkunternehmen per Gesetz verpflichtet sind, rund um die Uhr mitzuloggen, in welcher Funkzelle sich ein Handy-Besitzer bewegt. Natürlich gibt es immer wieder Experten, die vor dem Richter hartnäckig schwören, dass ihr Dackel mit dem Handy Gassi gegangen ist und nicht sie selbst", grinste Stefan. „Im Prinzip funktioniert ein Handy wie eine virtuelle Fußfessel, nur dass heutzutage jeder so ein Gerät absolut freiwillig mit sich führt."

Edith seufzte tief auf.

„Den meisten ist zumindest ihre IMEI-Kennung bekannt, wenn das Handy gestohlen wurde und die Provider das Gerät dann sperren. Wie du die IMEI-Nummer abfragen kannst, weißt du aber noch, oder?"

Stefan Weber lächelte Edith aufmunternd zu. Doch die zuckte die Achseln.

„Ganz ehrlich? Dein Technik-Fimmel nervt."

Edith war wütend. Wobei sie sich mehr über sich ärgerte als über ihren Kollegen. Denn mit den neuen Technologien im Internet und im Mobilfunk mitzuhalten fand sie äußerst zeitintensiv. Es machte ihr einfach keinen Spaß, die rasante technische Entwicklung zu verfolgen.

„Du kannst die IMEI-Nummer deines Handys mit der Tastenkombination *#06# abfragen. Die solltest du aufbewahren, falls das Gerät gestohlen wird."

Stefan Weber lächelte abermals aufmunternd.

„Aha. Aber kannst du mir bitte erklären, was das alles mit unserem Fall zu tun hat?"

Edith war sichtlich genervt.

„Nichts", antwortete Stefan. „Im Internet gibt es sogar Datenbanken, wo du eine gefälschte IMEI abrufen kannst.

Funktioniert wie die Generierung einer neuen Personalausweisnummer. Das machen Minderjährige immer dann, wenn sie einen Adult-Check umgehen wollen."

Edith sah zum Fenster.

„Die Welt ist schlecht."

„Seit der Bespitzelungsaffäre bei der Telekom hat die Bevölkerung zumindest ein Gefühl dafür bekommen, wie weit Big Brother ist. Wir leben in einer Dienstleistungsgesellschaft. Da ist die Ortung eines eingeschalteten Mobiltelefons nur ein Service unter vielen. In der Regel werden ja eher selten Journalisten und Aufsichtsräte, sondern Kinder und Ehegatten per Handy überwacht. Die neuen Geräte mit eingebautem Navigator sagen dir sogar, wo's langgeht. Praktisch, wenn dein Handy weiß, wo du gerade bist. Wenn Erich Mielke das jemals geahnt hätte, wäre er sicher vor Neid geplatzt."

Ein ironisches Lächeln umspielte Stefans Mundwinkel.

„Aber solange unser Innenminister ein Terrorszenario nach dem anderen an die Wand wirft, wird sich in Deutschland keine Mehrheit für einen vernünftigen Umgang mit diesen Technologien finden. Es geht immerhin ums Eingemachte beim Datenschutz, meine Liebe, da reagieren die Leute empfindlich. Du hast doch damals bestimmt auch gegen die Volkszählung protestiert?"

Edith schüttelte den Kopf.

„Ich hab' nichts zu verbergen", antwortete die Kommissarin kurz angebunden.

Stefan war baff.

„Dir ist dein informationelles Selbstbestimmungsrecht egal?"

„Wir haben hier zwei Morde zu klären und vermissen eine dritte Person", stellte Edith Tannhäuser trocken fest. „Falls ich deinen Vortrag richtig verstanden habe, sollten wir dankbar sein, dass unser Hauptverdächtiger freiwillig mit einem

Ortungsgerät durch die Gegend läuft. Stefan! Wir sollten um diese Uhrzeit den virtuellen Schnickschnack außen vor lassen und endlich die realen Fakten sichten. Es geht hier um Mord!"

Ihr Kollege schwieg zutiefst betroffen.

„Stefan, du hast mir vorhin erklärt, dass die Logfiles Auskunft darüber geben, wo dieses oder jenes Handy zum Zeitpunkt X war. Das ist aber kein Beweis, dass auch der Besitzer des Handys zu dieser Zeit an diesem Ort war, wenn ich dich richtig verstanden habe, oder? Du kennst die Staatsanwaltschaft! Die will Beweise und keine Indizien, die irgendwie doch nicht zusammenpassen."

Frustriert schob Stefan die eng bedruckten Datenprotokolle zur Seite.

„Wenn dich das alles nicht die Bohne interessiert, Frau Kommissarin, dann wäre ich heute Abend besser bei Frau und Kind geblieben", bemerkte er sarkastisch. „Da du ja sowieso immer alles besser weißt, geh ich jetzt nach Hause."

Das saß. Edith spürte, dass sie Stefan mit ihrem burschikosen Charme und ihrer allseits bekannten Abneigung gegen die neuen Technologien mal wieder gehörig auf den Schlips getreten war. Zerknirscht blickte sie von ihrem Stuhl hoch.

„Tut mir leid, war nicht so gemeint."

„Es war übrigens nicht sonderlich clever, allein und ohne Absprache bei Alexander Paul vorbeizumarschieren und ihn aufzuscheuchen", setzte der Kommissar ungehalten nach. „Die Abteilung Wirtschaftskriminalität hatte für morgen früh eine Razzia bei diesem sauberen Unternehmer geplant. Das hast du mit deinem Alleingang jetzt vermasselt."

Das wollte Edith so nicht stehen lassen.

„Woher soll ich wissen, dass diese verkappte Abteilung von Geheimnisträgern das gleiche Zielobjekt im Visier hat? Meine telepathischen Fähigkeiten sind beschränkt. Und wenn Silke heute Abend nicht zufällig mit denen Bowling spielen gegangen wäre, hätten wir nie und nimmer erfahren, dass die Kollegen nebenan den Zugriff auf Alexander Paul vorbereiten!"

Edith war stocksauer.

„Was haben wir noch? Außer Verbindungsdaten, die nicht zueinanderpassen, meine ich." Missmutig sichtete die Kommissarin den Papierstapel auf ihrem Schreibtisch. „Es ist verrückt, Stefan. Diese Post und diese E-Mails sind eine Seuche. Ich komme nicht zu den wirklich wichtigen Dingen", seufzte sie.

„Schau. Hier läuft ein verrückter Taxifahrer Amok und ermordet einen Kollegen. Danach metzelt er seine Freundin durch die gemeinsame Wohnung und lässt sie anschließend spurlos verschwinden. Wenn man ihn sich genauer betrachtet, fällt auf, dass er ein Amulett mit einem Engelsflügel trägt, der wiederum identisch ist mit einem Tattoo an unserer zweiten Leiche. Glaub mir, solche Typen, die nach außen hin total normal wirken, pflegen in ihrem virtuellen Leben im Internet merkwürdige Bekanntschaften und spielen zur Entspannung Killerspiele. Es ist immer das Gleiche mit diesen Verrückten."

Edith ließ ihren Blick skeptisch über die Fotos an der Pinnwand schweifen.

„Hat sich denn niemand gemeldet, der die Frau kennt? Die kann doch nicht so einfach aus dem Nichts gekommen sein? Vermisst sie niemand?"

Auf dem Flur klapperten Absätze. Dann öffnete sich die Tür.

„Hallo Chefin", Silke grinste um die Ecke. „Ich hab mir nach dem Telefonat mit Stefan schon gedacht, dass Sie noch hier sind."

Edith Tannhäuser war verblüfft.

„Die Spurensicherung hat übrigens den Bericht aus der Wohnung des ermordeten Taxifahrers geschickt", fuhr die Sekretärin fröhlich fort. Hastig durchforstete sie das Eingangskörbchen auf Ediths Schreibtisch und zog mit einem „Tata!“ einen Bogen Papier aus dem Stapel. „Hier. Der Wagen war innen voll mit Adrian Baumanns Fingerabdrücken.“

„... den die Nachbarin mit diesem nervigen Hund übrigens nicht eindeutig identifizieren konnte“, ergänzte Edith.

Silke und Stefan schauten verblüfft zur Kommissarin.

„Woher wissen Sie das?“

„Ich war vorhin kurz bei der Schulz und hab ihr das Foto von Adrian Baumann gezeigt. Allerdings ...“

„...sind die Spritzwasserspuren am Mercedes merkwürdig“, unterbrach die Sekretärin sie triumphierend. „So sauber der innen war, außen wimmelte es an den Felgen nur so von Bakterien!“

„Bakterien?“

Edith zog ihre linke Augenbraue hoch.

„Ja, und zwar ganz spezielle. Als ob der Wagen Cross-Road durch eine Kläranlage gepflügt sei ...“

„Sie sagen, Adrian Baumann war Montagnacht mit dem Wagen auf dem Gelände der Niederräder Kläranlage unterwegs?“

Edith schüttelte ungläubig den Kopf.

„Vielleicht hat er dort die Leiche seiner Freundin entsorgt“, trumpfte die Sekretärin auf.

„Meine Liebe, das passt leider nicht.“ Edith schüttelte den Kopf. „Ich habe heute Morgen noch mit der Frau telefoniert. Da stand der Wagen schon bei Karl Blum vor der Haustür. Das mit den Bakterien ist allerdings merkwürdig. Irgendwie macht das alles keinen Sinn. Wobei ... Baumann war also am Main in der Nähe des Fundortes unserer ersten Leiche.“

Edith schaute auf den Frankfurter Stadtplan an der Pinnwand.

„Hier.“

Silke hielt Edith und Stefan die DNA-Analyse von Dr. Ullrich hin.

„Das Ergebnis der Hautpartikel unter Karl Blums Fingernagel. Ich hatte vorhin allerdings keine Zeit, das Ergebnis im Computer mit der Datenbank vom LKA und BKA abzugleichen. Aber … es ist nicht die DNA von Adrian Baumann."

Silke schüttelte bedauernd ihren Kopf. Zornig knallte Edith den Aktenordner, der vor ihr lag, auf den Tisch.

„Mist! Was passt hier überhaupt zusammen? Nichts! Gar nichts. Wisst ihr, was die Staatsanwaltschaft morgen mit mir macht? Und erst die Presse?"

„Edith, lass uns noch mal in Ruhe durchgehen, was wir haben. Da ist ja auch noch dieser Filmproduzent, Alexander Paul …"

„Die Filme! Oh mein Gott, wie konnte ich die vergessen!"

Edith kramte in den Tiefen ihres Winterwollmantels und beförderte diverse DVDs ins trübe Neonlicht.

„‚Das Fenster zum Hof', ‚Vertigo', ‚Der unsichtbare Dritte'?"

Stefan schaute Edith fragend an.

Silke lachte. „Haben Sie sich endlich einen DVD-Player gekauft? Na, das ist ja mal ein echter Fortschritt!"

Edith riss ihr die Hüllen ungehalten aus der Hand.

„Freut mich, wenn ich zu dieser späten Stunde für Heiterkeit sorge. Ich gebe ja zu, dass ich technisch vielleicht etwas hinter dem Mond bin als so manch anderer in diesem Präsidium. Aber das sind nicht meine DVDs, sondern die habe ich in Karl Blums Haus entdeckt. Und jetzt zeige ich euch mal was."

Vorsichtig öffnete die Kommissarin eine der Hüllen und hielt die Scheibe ins Licht der Schreibtischlampe. Ein blauer Engelsflügel prangte auf der silbern glänzenden Oberfläche.

„Slaves in Love. Ein Film der Darling-Produktion", las sie langsam vor.

„Bingo!“, stellte Stefan Weber anerkennend fest. „Es gibt also doch eine Verbindung zwischen den beiden Mordopfern.“

Edith nickte.

„Unser Missing Link ist dieser Engelsflügel. Das tote Mädchen trug ihn als Tattoo. Adrian Baumann, der das Taxi des Toten benutzt hat, besitzt so ein Amulett. Ebenso Clara Sander, die Ehefrau von Alexander Paul, der mit dem ermordeten Mädchen am Montag shoppen war. Und der getötete Taxifahrer hatte das Regal voll mit Bondage- und SM-Filmen, die von der Firma mit dem Engelsflügel produziert wurden. Ich glaube, wir brauchen umgehend einen Durchsuchungsbefehl für die Darling-Produktion“, stellte Edith zufrieden fest.

Stefan griff zum Hörer.

„Mal gucken, ob ich bei der Staatsanwaltschaft noch jemanden erreiche.“

„Gut. Und sieh zu, dass die Medien keinen Wind von der Aktion bekommen. Die haben mir gestern und heute voll gereicht.“ Dann lehnte sich Edith zufrieden in ihrem Stuhl zurück.

61

Geräuschlos schlossen sich die gläsernen Türen des Aufzugs in der Commerzbank-Plaza. Lautlos glitt der Lift nach oben in die 49. Etage. Dort empfing sie eine ausgesprochen attraktive Frau im Business-Kostüm.

„Frau Sander …“ Irritiert glitt ihr Blick zu Adrian.

„Darf ich vorstellen, Frau Dr. Brückner … Herr Baumann, mein Fahrer."

„Willkommen im Club."

Dr. Brückner nickte Adrian kurz mit dem Kopf zu. Dann drehte sie sich um und strebte zügig einen hellen Gang entlang.

Adrian hatte mit vielem gerechnet. Aber nicht damit, dass er um diese Uhrzeit in 250 Metern Höhe einen Blick auf das nächtliche Frankfurt werfen würde. Schon aus dem verglasten Aufzug heraus hatte ihn die Aussicht auf die Stadt, die sich glitzernd immer weiter entfernte, tief beeindruckt.

„Warten Sie hier!"

Mit einer Handbewegung wies Dr. Brückner Adrian an, im Vorzimmer Platz zu nehmen.

„Entschuldigung, ich müsste mal …"

Peinlich berührt stockte er.

„Sie finden die Herrentoilette am Ende des Ganges. Hinter der roten Wand mit der Nummer 49, dann links."

Der tiefe Teppich verschluckte jeden seiner Schritte. Vorsichtig öffnete Adrian die Tür. Was er sah, ließ ihn für einen Moment alles vergessen. Über schneeweißen Urinalen eröffnete eine breite Fensterfront einen atemberaubenden Blick gen Westen. Alle anderen Wolkenkratzer waren kleiner als die Commerzbank. Und der Rest der Stadt, das Bahnhofsviertel, der Hauptbahnhof – all das wirkte wie Legospielzeug, das ein Riese zu seinen Füßen ausgebreitet hatte. Wie Matchboxautos flitzte der Verkehr tief unten durch die hell erleuchtete Kaiserstraße. Was für eine Omnipotenz, was für ein Machtgefühl, dachte Adrian. Kein Wunder, wenn man hier oben im 49. Stock den Bezug zur Realität verliert.

Als er die Herrentoilette wieder verließ, herrschte tiefe Stille auf dem Flur. Was mochte Clara hier um diese Zeit besprechen? Wo war sie?

Adrian drückte vorsichtig eine Klinke rechts von ihm hinunter. Geräuschlos schwang eine große Flügeltür auf und gab den Blick auf eine riesengroße Fensterfront frei. Erneut stockte ihm der Atem. Vor ihm lag Frankfurt, das ganze Panorama vom Flughafen über Sachsenhausen bis nach Offenbach.

„Schön, nicht wahr?"

Claras Stimme ließ Adrian zusammenschrecken. Ruckartig drehte er sich zu ihr um.

„Tut mir leid, ich …"

„Sie müssen sich nicht entschuldigen. Wir haben Sie ja warten lassen."

Clara lächelte. Dann trat sie direkt hinter ihn. Er spürte ihren Atem in seinem Nacken.

„Was denken Sie jetzt?"

Adrian zuckte mit den Achseln.

„Was machen Sie hier?", fragte er.

„Geschäfte", antwortete sie kühl.

Adrian spürte, dass er die falsche Frage gestellt hatte.

„Ich will Ihnen nicht zu nahe treten, aber …"

Er stockte. Dann sagte sie leise:

„Frankfurt ist wunderschön, finden Sie nicht?"

Adrian nickte. Jeder Widerspruch wäre in Anbetracht des wahnsinnigen Panoramas völlig daneben. Dann drehte er sich zu Clara um.

„Wo ist Frau Dr. Brückner?"

Clara sah zur Tür.

„Sie muss noch telefonieren. Dann bringt sie uns wieder nach unten."

Adrian musterte Clara, die nur wenige Zentimeter vor ihm stand und doch unendlich weit entfernt schien.

„Wie kommt man zu so einem …"

„... Job?", beendete Clara seinen Satz. Sie holte tief Luft. „Sie müssen nicht die Psychologie bemühen. Ich hatte weder eine kaputte Kindheit noch wurde ich missbraucht. Meine Eltern waren vielleicht etwas kühl im Umgang miteinander, aber was erwarten Sie von jemandem, der während des Nationalsozialismus in der Hitlerjugend aufgewachsen ist. Eine Tracht Prügel als erzieherische Maßnahme war in den sechziger Jahren durchaus üblich. Was möchten Sie hören? Irgendein größeres Drama in meinem Leben? Da muss ich Sie enttäuschen."

Ein Anflug von Sarkasmus färbte Claras Stimme. Dann schüttelte sie energisch den Kopf.

„Ich bin zu nichts gezwungen worden. Es ging mir immer nur ums Geld ..."

Adrian senkte den Blick.

„Ich würde Sie gerne ... Ich würde Ihnen gerne ..."

„ ... helfen? Mich aus dem Milieu retten?"

Clara lachte.

„Eine hübsche Männerfantasie, aber leider völlig realitätsfern. Ich bin kein Häschen und auch nicht blond oder blöd. Ich interpretiere Alice Schwarzer vielleicht anders, als es sich diese verknöcherte Feministin gewünscht hätte, aber ich bin eine Frau, die weiß, was sie will, und es sich auch nimmt."

Clara zwinkerte verschwörerisch mit den Augen.

„Sie machen es mir verdammt schwer, Sie zu mögen."

Adrian spürte einen Anflug von Trotz.

„Ach kommen Sie, bitte keinen Liebesquatsch ... Auch wenn der Ausblick hier oben einen leicht sentimental werden lässt und wir beide ziemlich ... sagen wir spannende und interessante Tage miteinander verbracht haben." Clara stockte. Dann fuhr sie ungerührt fort. „Sie sind fast zwanzig Jahre jünger als ich. Was soll das werden? Sie suchen doch keine Frau, die Sie bemuttert, oder? Und ich schätze Männer, die mit mir auf Augenhöhe verkehren."

„Und warum wollten Sie mich gestern noch … kaufen?“

Sie schüttelte energisch den Kopf.

„Nicht kaufen …. Sie sollen mit mir spielen. Im Video sind die Grenzen des realen Lebens aufgehoben. Ich habe Ihnen doch schon mal gesagt, dass es da um Macht, Unterwerfung und einfach nur Sex geht. Das müssen Sie von Ihrem realen Leben trennen. Das ist etwas ganz anderes. Ich bleibe bei der Begegnung auf Augenhöhe. Und meine damit nicht Ihre Körpergröße, die ja in unserem Fall sogar gegeben wäre, sondern Ihre Lebenserfahrung. Ich habe Ihnen zu viele Erfahrungen voraus. Das wäre für Ihre persönliche Entwicklung nicht wirklich förderlich“, stellte Clara abwehrend fest.

„Vielleicht sagen Sie das nur so apodiktisch, weil Sie die Kontrolle über die Beziehung behalten wollen?“

Adrian sah Clara provozierend an. Sie biss sich auf die Lippen und starrte aus dem Fenster.

„Da haben Sie vermutlich recht.“

„Hören Sie, man kann Gefühle nicht theoretisch ausdiskutieren. Entweder sind sie da oder nicht. Und dann spielen Alter und Erfahrung keine Rolle. Das ist meine Meinung“, trumpfte Adrian auf.

Clara lachte trocken auf.

„Gefühle … hören Sie, wohin soll das führen? Der Anfang ist immer rosarot. Aber der Alltag, der dann folgt, ist anders. Außerdem hasse ich Abhängigkeit. Ich war als Kind abhängig von den ständig wechselnden Launen meiner Eltern. Das hat mir für mein Leben gereicht. Warum sollte ich mich also als Erwachsene wieder in eine emotionale Abhängigkeit begeben?“

„Weil es schön ist, einem Menschen zu vertrauen?“ Adrian schaute Clara erwartungsvoll an.

„Vertrauen? Sie sind wirklich ein rettungslos verlorener Romantiker. Hören Sie, wir leben im einundzwanzigsten

Jahrhundert in Frankfurt. Hier geht es um Geld, um Business. Um Fressen und Gefressenwerden. Sie sind ein hübscher Kerl, aber furchtbar naiv. Jeder Ehevertrag ist besser als … Vertrauen.“

Adrian zuckte. Die Art und Weise, wie Clara das Wort Vertrauen verächtlich durch den Raum schleuderte, ließ ihn frösteln. Ihre Härte machte ihn fertig. Resigniert drehte er sich wieder zur Fensterfront, an der der Regen unaufhörlich abperlte.

Clara trat hinter ihn und streichelte seinen Nacken.

„Tut mir leid. Okay? Das hat nichts mit Ihnen zu tun, sondern mit mir. Sie sind zu jung. Da ist mehr als eine Generation zwischen uns. Die unterschiedliche Lebenserfahrung lässt sich in so einer Beziehung nicht auf Dauer überbrücken.“

Adrian seufzte.

„Wenn es umgekehrt wäre, Sie wären dreißig und ich achtundvierzig, wäre doch auch alles klar. Niemand würde sich darüber den Kopf zerbrechen, weil es normal ist, wenn Männer deutlich älter sind als Frauen. Dann sind sie sogar tolle Hechte. Aber wenn sich ein jüngerer Mann in eine ältere Frau verliebt, muss er dann automatisch seinen Mutterkomplex kurieren? Hören Sie auf, das ist absurd.“

Clara sah Adrian mit strahlenden Augen an. Ein Anflug von Lächeln huschte über ihr Gesicht. Einem Impuls folgend zog er sie plötzlich an sich.

„Geld für Geld, Sex für Sex, Liebe für Liebe“, flüsterte er. „Überlegen Sie es sich.“

Dann ließ er sie los und ging quer durch den Raum zur Tür.

„Ich will jetzt hier raus.“

Clara nickte.

„Ich sage Frau Dr. Brückner Bescheid. Und dann gehen wir in die Sansibar.“

62

Erik tobte wie ein Berserker durch die Wohnung.

„Ich hätte ihn abknallen sollen!"

Alexander Paul blickte nachdenklich durch die Fensterfront auf den erleuchteten Balkon. Er wusste, dass er sich jetzt keinen Fehler mehr leisten durfte. Und das unbeherrschte Temperament von Erik war in dieser Situation eher kontraproduktiv.

Es hatte ihn nicht wirklich überrascht, dass der junge Taxifahrer verschwunden war. Wichtiger war Clara! Es war das erste Mal, dass sie ohne eine Nachricht zu hinterlassen einfach gegangen war. Das war ungewöhnlich. Wo war sie? Hatte sie nicht einen Termin mit Dr. Brückner? Vielleicht hatte es Ärger gegeben? Immerhin war der Wachmann im Klärwerk hypernervös gewesen. Was, wenn er oder die Brückner eins und eins zusammengezählt haben und die Tote im Main mit der Darling-Produktion in Verbindung gebracht haben?

Alexander Paul versuchte ruhig nachzudenken. Doch Erik machte ihn mit seiner hektischen Art, wie ein Tiger im Käfig hin und her zu laufen, einfach nervös.

„So kann ich mich nicht konzentrieren! Du hast es schon Montagnacht verbockt. Also hör auf damit."

Seit ihm der Aufmacher von BILD am Flughafenkiosk ins Auge gesprungen war, war ihm schlagartig bewusst geworden, dass das ganze Unternehmen in höchster Gefahr war. Er spürte, dass er schnellstens Fakten schaffen musste. Das Wichtigste war der Vertrag, den er in München mit den amerikanischen Geschäftspartnern ausgehandelt hatte. Ohne Unterschrift von Clara war das Papier jedoch wertlos. Das war jetzt das Wichtigste, alles andere war zweitrangig.

Es war jetzt kurz nach halb elf, und die Zeit drängte. Alexander Paul holte tief Luft und wählte Claras Handynummer.

63

Adrian mochte die Sansibar im Japan-Center nicht sonderlich. Der Sansibar-Roofgarden auf dem Union-Gelände an der Hanauer Landstraße war deutlich mehr nach seinem Geschmack. Er war im Sommer ein Juwel im Frankfurter Ostend, das sich von einem im Niedergang begriffenen Industriegebiet zum Zentrum der Kreativindustrie gemausert hatte. Mittelpunkt des Partylebens waren die Clubs und Restaurants, die sich rund um die frühere Union-Fabrik angesiedelt hatten. Die Sansibar im Japan Tower dagegen, mit ihrem Ambiente zwischen Neo-Rokoko und Zen-Garten, das sich als „Place-to-be für den gepflegten Hedonismus“ anpries, traf mit ihrem House-Stil zwar seinen Musikgeschmack, aber die Mehrzahl der Gäste, die dort lässig gestylt im selbsternannten „Wohnzimmer der Frankfurter VIPs“ verkehrten, empfand er als zu neurotisch und aufgeblasen.

Carla begrüßte den Türsteher überschwänglich mit Bussi rechts und Bussi links. Nachdem sie an der Bar Chardonnay geordert hatte, sah sie Adrian erwartungsvoll an.

„Bier? Cola?“

Ein Lächeln umspielte ihre Lippen.

Adrian zögerte. Es war halb elf. Er wollte jetzt zur Polizei. Hier Bier zu trinken und Small Talk zu machen war reine Zeitverschwendung.

„Entspannen Sie sich“, ermunterte ihn Clara, als sein Blick unstet durch den halbleeren Club flackerte. An einem Tisch auf der seitlichen Empore amüsierten sich zwei sichtlich angetrunkene Frauen mit Champagner.

„Lassen Sie uns gehen“, bat er Clara, die sich jedoch schon wieder umgedreht hatte und über die Theke hinweg mit dem Barkeeper plauderte. Irgendwie nervte sie ihn kolossal mit diesem oberflächlichen Getue.

„Machen Sie es gut“, verabschiedete er sich plötzlich und stand auf. Clara blickte ihn erstaunt an. Doch sie machte keinerlei Anstalten, ihm zu folgen.

„Ich dachte, wir plaudern noch ein wenig?“

Ihr Augenaufschlag war legendär, doch diesmal verfing er nicht.

„Es ist alles gesagt.“

Ohne sich umzudrehen, ging Adrian zum Ausgang. Clara schob hastig einen Geldschein über die Theke und folgte ihm. Wie selbstverständlich hielt sie ihm an der Garderobe ihren Mantel hin. Es war das gleiche Ritual wie beim Öffnen der Taxitür. Sie wartete einfach, bis er begriffen hatte, was sie von ihm verlangte.

Es waren ihre Augen, die ihm unverwandt folgten und ihn gefangen hielten. Als sie nach ihrer Handtasche griff, klingelte ihr Handy. Adrian konnte an ihrem Blick aufs Display erkennen, dass „er“ anrief. Mit der Hand signalisierte sie ihm, dass er nicht auf sie warten sollte. Doch er ignorierte ihre Geste.

Clara nahm den Anruf an. Sichtlich angespannt schüttelte sie immer wieder ihren Kopf. Plötzlich kam eine Blondine aus der Damentoilette und blieb direkt vor ihnen stehen.

„Hallo Clara! Schön, dich zu sehen!“

„Hallo Melanie!"

Clara signalisierte der Frau mit dem Finger auf den Lippen, dass sie schweigen sollte. Doch die mit Melanie Angesprochene ignorierte hartnäckig ihre Handzeichen.

„Lange nicht gesehen, Schätzchen! Wie geht's dir?"

Fröhlich plapperte sie auf Clara ein, ohne jede Rücksicht darauf, dass diese gerade telefonierte.

Interessiert betrachtete Adrian das Schauspiel. Clara drehte sich zur Seite, doch Melanie war es anscheinend egal, dass sie störte. Hartnäckig juchzte sie ein „Huhu" in Claras Handy.

„Baby, wir waren schon bei Jimmies. Aber hier ist mehr los. Sanni ist auch da! Kuck!"

Melanie winkte heftig zu den beiden Frauen auf der Empore. Auf Claras Stirn bildete sich eine steile Zornesfalte. Dann hielt sie abrupt die Muschel zu.

„Merkst du nicht, dass ich telefoniere?", zischte sie Melanie wütend an. „Verschwinde!"

„Wer wird denn gleich so zickig sein", keifte die Blondine beleidigt zurück.

Clara drehte sich weg und ließ sie einfach stehen. Während Melanie unsicheren Schrittes die Treppe zu ihren Freundinnen emporstieg, lief Clara nervös gestikulierend zwischen Garderobe und Toilette hin und her. Plötzlich beendete sie mit einem energischen Druck auf das Display das Telefonat. Adrian sah, wie sie heftig schluckte. Kämpfte sie mit den Tränen?

„Ich komme mit Ihnen mit."

Ihre Stimme klang müde und erschöpft. Irgendetwas musste passiert sein.

„Geht es Ihnen nicht gut?"

Adrian war besorgt. Doch Clara schüttelte nur den Kopf.

„Lassen Sie uns nach Hause fahren … nur für ein paar Stunden. Dann mache ich meine Aussage bei der Polizei, okay?"

Ihre Stimme klang resigniert, enttäuscht, irgendwie brüchig.

„Ärger mit Ihrem Mann?"

Adrian sah sie fragend an. Doch sie schüttelte nur den Kopf und machte eine Handbewegung, als ob sie eine lästige Fliege verscheuchen wollte. Adrian zögerte.

„Was meinen Sie mit nach Hause? Zu Ihnen? Zu mir?"

Clara zuckte mit den Achseln.

„Wenn Sie wollen, fahren wir zu Enzo", schlug Adrian vor. „In seiner Wohnung sind Sie ungestört. Ist allerdings etwas …runtergekommen. Junggesellenbude. Also nicht das, was Sie gewohnt …"

„Ist das jetzt wichtig?", unterbrach ihn Clara.

Adrian schüttelte den Kopf.

Der Regen hatte aufgehört, als er Sekunden später zügig die Neue Mainzer Straße überquerte. Clara folgte ihm tief in Gedanken versunken. Vor der Helaba blieb sie plötzlich stehen und blinzelte durch die Glasscheiben der hell erleuchteten Eingangshalle des Maintowers.

„Kennen Sie die Frankfurter Treppe?"

Adrian überlegte einen Moment.

„Der Künstler hat aus knapp zwei Millionen Mosaiksteinen 56 Frankfurter Persönlichkeiten des 20. Jahrhunderts gefertigt. 56 Persönlichkeiten für 56 Stockwerke. Schauen Sie! Dort sitzt Anne Frank. Oder hier vorne ... Fritz Bauer. Oder dort … Bernhard Grzimek und Margarete Mitscherlich. Auf dieser Treppe befinden Sie sich sozusagen in bester Frankfurter Gesellschaft." Sie drehte sich abrupt zu Adrian um. „Was Sie von mir leider nicht behaupten können."

Ihre graublauen Augen wirkten im Kontrast zur Beleuchtung der Eingangshalle auf einmal dunkel und unergründlich. Adrian schaute durch die Fensterfront auf das beleuchtete Kunstwerk. Ihm schoss ein Gedanke durch den Kopf.

„56 Persönlichkeiten für 56 Stockwerke. Und 49 Stockwerke für den 49er Club?“

Clara nickte.

„War nicht wirklich schwer herauszufinden, oder?“

„Nicht wirklich. Mir ging es schon vorhin im Commerzbank-Hochhaus durch den Kopf, als die Stimme im Aufzug die 49. Etage ansagte. Egal. Wir sollten jetzt fahren.“

Mit festem Griff zog er die widerstrebende Clara über die menschenleere Neue Mainzer Straße zum Auto.

64

Edith Tannhäuser sah nachdenklich aus dem Fenster. Es war kurz vor elf. Sie spürte, dass sie heute Nacht keinen Fehler mehr begehen durfte. Wo verdammt nochmal steckte Adrian Baumann?

„Voila!“

Stefan Weber präsentierte stolz den Durchsuchungsbefehl für die Darling-Produktion.

„Das ging schneller als gedacht. Und die Standortabfragen für Adrian Baumanns Handynummern laufen auf Hochdruck. In wenigen Minuten wissen wir, wo er sich aufhält.“

„Das ist ja interessant!“, unterbrach ihn die Sekretärin, die nicht nach Hause gehen wollte. Hochkonzentriert fragte sie INPOL- und POLAS-Daten ab. „Die DNA der Spermien, die uns Dr. Ullrich vorab gemailt hat, ist identisch mit der DNA von …?“

„Adrian Baumann!“, platze Stefan Weber heraus.

„Nein. Es ist die DNA von Alexander Paul“, stellte Edith mit geschlossenen Augen fest.

Silke Müller war sichtlich überrascht.

„Woher wissen Sie das?“

„Intuition. Die Videos vom Schuhkauf und Clara Sanders Reaktion lassen nur diesen Schluss zu.“ Edith öffnete die Augen und sah Stefan Weber direkt an. „Damit haben wir jetzt ein Motiv für den Tod der jungen Frau.“

„Du meinst ... Clara Sander hat Adrian Baumann angeheuert, um ihre Ehe … zu retten?“ Nachdenklich runzelte der Kommissar die Stirn. „Hm. Es gibt sicher elegantere Methoden, eine Ehe zu retten. Die Nebenbuhlerin umzubringen ist nicht die ungewöhnlichste. Aber erklärt das auch Karl Blums Tod? Wusste er vielleicht von der Affäre? Und warum hat er sein Taxi verliehen? Um einen Auftragsmord zu vertuschen? Wir haben zwar Adrian Baumanns Fingerabdrücke im Wagen gefunden. Aber die Hautpartikel unter dem Fingernagel des toten Taxifahrers sind die eines bislang Unbekannten. Und wie erklärt das alles das spurlose Verschwinden von der Freundin von Baumann? Es gibt immer noch zu viele Fragezeichen.“

Stefan Webers Handy klingelte.

„Hallo. ... Ja klar. ... Vielen Dank. ... Wie bitte? … Können Sie das wiederholen? … Sind Sie sicher? ... Okay, wenn er erneut den Standort wechselt, rufen Sie mich bitte wieder an.“

Der Kommissar strahlte.

„Bingo, Edith! Die Theorie, dass Adrian Baumann als Auftragsmörder für Clara Sander unterwegs ist, könnte stimmen“, trumpfte der Kommissar auf. „Die Kollegen haben von Enzo Calderolas Telefongesellschaft gerade eben die Daten bekommen. Dessen Handy, das Baumann ja benutzt, war heute Abend von Sachsenhausen nach Griesheim unterwegs und bewegt sich seit einer knappen Stunde aus Griesheim Richtung Innenstadt zurück. Momentan ist die Mobilnummer im Netz um die Commerzbank eingeloggt. Vermutlich hat Baumann nach der Flucht aus Sachsenhausen seiner Auftraggeberin Clara Sander einen Besuch abgestattet."

Edith sah ihren Kollegen aufmerksam an. Dann schloss sie die Augen und seufzte laut auf.

„Ich glaube, er war heute Abend sogar bei ihr in der Wohnung, als ich ihr die Fotos gezeigt habe. Klar, seine Zigarettenschachtel lag zusammen mit dem Engelamulett auf dem Tisch. Die beiden sind also gewarnt. … Kannst du das Handy genauer orten lassen?"

Stefan Weber schüttelte den Kopf.

„Leider nein, 200 bis 300 Meter zum Funkmast sind als Entfernung drin. Aber wir können die Telefonate mithören, wenn du willst."

Edith Tannhäuser nickte.

„Das ist ja alles super interessant." Silke Müller hing an den Lippen des Kommissars.

„Alltagsgeschäft", stellte er mit einer lässig coolen Handbewegung fest.

„Wie dicht das Netz der Mobilfunkmasten in Frankfurt mittlerweile ist, kannst du übrigens im Internet sehen. Wenn du die Homepage der Bundesnetzagentur anklickst, zeigt dir eine Datenbank unter dem Suchbegriff ‚EMF' alle in Frankfurt in Betrieb befindlichen Anlagen."

„EMF?" Silke Müller stutzte.

„EMF ist die Abkürzung für ‚Elektromagnetische Felder'. Wenn man sich zum Beispiel für Umweltbelastungen wie Elektrosmog interessiert. Du kannst bei der Bundesnetzagentur alle Funkmasten recherchieren, die ... sagen wir … im Umkreis von 500 Metern um deine Wohnung aktiv sind."

Edith, die aufmerksam die Pinnwand mit den Fotos betrachtet hatte, schaute kurz hoch.

„Ich brauche die KFZ-Kennzeichen aller Fahrzeuge, die auf Clara Sander, Alexander Paul und die Darling-Produktion zugelassen sind“, sagte sie unvermittelt.

„Jetzt?“ Silke war sichtlich überrascht.

„Mit irgendetwas muss sich dieses Handy ja durch Frankfurt bewegen. Ich vermute mal, dass das keine S-Bahn ist. Und das Taxi von Adrian Baumann steht ja immer noch am Walter-von-Cronberg-Platz, oder?“

Edith drehte sich zum Fenster um. Der Regen war in einen leichten Schauer übergegangen. Ab Freitag sollte das Wetter besser werden. Aber das war ihr relativ egal. Das Grau in Grau der Novembertage passte weitaus besser zu ihrer Stimmung als sonnig-beschwingte Tage im Mai.

„Unter dem Begriff ‚Location Based Services' entwickelt sich ja gerade erst ein ganz neuer Wirtschaftszweig, der jedem Datenschützer die Haare zu Berge stehen lässt“, stellte der Kommissar trocken fest. „Weißt du, Edith, wie viele Handynummern für eine Ortung im Notfall bereits registriert sind?“

„Nein. Ich finde das sogar prinzipiell gut.“ Die Augen der Kommissarin funkelten angriffslustig. „Wenn man mit Anwendungen wie ‚Kinder-Finder' Schulschwänzern frühzeitig auf die Spur kommt, ist das doch nur zu begrüßen. Du weißt doch: Vertrauen ist gut, Kontrolle ist besser.“

Stefan Weber schluckte.

„Ich halte mehr davon, mit meinem Kind zu reden, als es mit einem Peilsender heimlich zu kontrollieren.“

„Ansichtssache“, konterte die Kommissarin. „Du kennst doch die Panik der Eltern, den Hype in der Bevölkerung und die Schlagzeilen in den Medien, wenn wieder ein Kind vermisst wird …“

„Vielleicht sollte man jedem Neugeborenen gleich einen RFID-Chip unter der Haut implantieren. Dann ist man 'ne Menge Probleme auf einen Schlag los!"

Sarkasmus war nicht wirklich Stefans Stärke, dafür war er persönlich zu stark involviert. Aber wenn Edith ihn so provozierte, konnte er sich nicht zurückhalten. Trotzdem war er sauer. Es war nicht das erste Mal, dass ihre so unterschiedlichen Auffassungen in punkto Kindererziehung kollidierten. Es stieß ihm immer wieder auf, dass Edith es auch in diesem Bereich besser wissen musste, obwohl sie überhaupt keine Kinder hatte.

Aber heute Nacht wollte er nicht mit ihr streiten, dazu war die Situation zu angespannt. Im Lauf der Jahre hatten sie beide gelernt, ihre unterschiedlichen Auffassungen zu respektieren.

„Auf die Darling-Produktion sind zwei Geschäftswagen registriert", unterbrach Silke Stefan Webers Gedanken. „Ein Mercedes und ein BMW."

„Schreiben Sie die Fahrzeuge umgehend zur Fahndung aus. Wir brauchen jetzt das ganze Programm." Mit dem Anflug eines Lächelns drehte sich die Kommissarin zu Silke um. „Gute Arbeit, Frau Müller."

Dann musterte sie Stefan mit hellwachen Augen. „Hast du mir nicht mal vor ein paar Monaten die Vorzüge von Floating Car Data erläutert?"

Er nickte. Die Chance, Positionsdaten von Handys für Verkehrsflusskontrollen einzusetzen, empfand er als eine ausgesprochen nützliche Anwendung. Das Projekt hatte das Deutsche Zentrum für Luft- und Raumfahrt durchgeführt. In Berlin, Hamburg und München dienten Taxen als mobile Sensoren zur Messung des Verkehrsflusses. Wenn ein GPS-Empfänger die Position des Wagens meldete, wurde sie mit einem Zeitsignal synchronisiert. Aus den so gewonnenen Daten ermittelte ein Computerprogramm dann die Fahrzeuggeschwindigkeit. Sank die Geschwindigkeit der Taxen unter einen bestimmten Schwellenwert, galt dies als zuverlässiger Indikator für einen Stau. ‚Wir wollen den Menschen im Verkehrschaos die Kontrolle zurückgeben', warb mittlerweile ein Marktführer für Navigationsgeräte mit einem vergleichbaren Stauwarnservice, der auf die Bewegungsmuster von Mobiltelefonen setzte.

„Fahren wir zur Darling-Produktion?"

Stefan Weber sah Edith erwartungsvoll an.

Die Kommissarin schwieg und schaute aus dem Fenster. Dann drehte sie sich langsam zu ihm um.

„Macht das jetzt Sinn? Glaubst du, die warten dort auf unseren Besuch?"

In diesem Moment klingelte das Telefon auf ihrem Schreibtisch. Edith ging dran, hörte kurz zu, bedankte sich und legte wieder auf. Ein wissendes Lächeln umspielte ihre Lippen.

„Der BMW ist eben in der Mainzer Landstraße von einer Polizeistreife, die das Generalkonsulat der Volksrepublik China beobachtet, gesehen worden. Der Wagen ist den Beamten aufgefallen, weil er viel zu schnell Richtung Innenstadt fuhr." Edith griff nach ihrem Mantel. „Stefan, wir fahren. Ach, Frau Müller, ich brauche unbedingt die Adresse von Enzo Calderola. Rufen Sie mich bitte unterwegs an."

65

„Gib Gas! Clara ist mit dem Taxifahrer in der Sansibar."

Erik glotzte Alexander Paul fragend an.

„Hab' eben Melanie angerufen und gefragt, ob sie Clara gesehen hat."

Wütend schlug Erik auf das Lenkrad.

„Wir haben Stress, und die geht mit diesem Wichser Party machen! Alex, das darfst du dir nicht bieten lassen. Die hält dich zum Narren! Ich hab' dir immer gesagt, dass deine Frau zu exzentrisch ist." Zornesröte stieg in ihm auf. Dann beschleunigte er den BMW. Auf der Mainzer Landstraße hatte er kurz vor elf absolut freie Fahrt. „Niemand darf die Darling-Produktion aufs Spiel setzen. Niemand! Noch nicht mal Clara."

Wütend bellte er Satz um Satz aus sich heraus.

Alexander Paul warf einen skeptischen Seitenblick auf den aufgebrachten Ledermann, dessen von Narben gezeichnetes Gesicht in der vorbeihuschenden Straßenbeleuchtung noch brutaler wirkte als sonst. Patricia hatte ihm nur wenige Stunden vor ihrem Tod, nachdem sie sich zärtlich geliebt hatten, gestanden, dass Erik sie seit einer kurzen Affäre inbrünstig anbete und sich riesig auf den Videodreh mit ihr freue. Alex hatte Patricia versprechen müssen, die Waterbondage-Szene mit Clara zu besetzen, weil Erik ihr Angst mache. Außerdem wollte er sie nicht mehr mit anderen Männern teilen. Weder real noch virtuell.

Doch als Clara sich Montagabend verspätete, drängte die Zeit. Er hatte das Video in der historischen Kläranlage seinen amerikanischen Geschäftspartnern detailliert angepriesen und somit keine Wahl. Die Szene musste gedreht werden. Außerdem kostete eine einmal gebuchte Crew Unsummen. Wie hätte er Clara plausibel erklären können, dass er die entscheidende Szene des Videos gestrichen habe, weil er sich in die neue Schauspielerin verliebt habe? Schwierig. Als Erik ihn dann bedrängte, die Szene mit Patricia drehen zu dürfen, hatte er schweren Herzens nachgegeben. Geschäft war Geschäft. Wenn er nur im Entferntesten geahnt hätte, dass die Verkabelung schlampig isoliert war, hätte er den Dreh natürlich abgebrochen.

Seit dieser Nacht lief sein Leben aus dem Ruder. Dass Clara am Telefon so kalt und abweisend reagiert hatte, verhieß nichts Gutes. Er kannte sie zu gut. Ahnte sie etwas? Wieso wollte sie sich erst morgen mit ihm treffen? Noch heute Nacht brauchte er ihre Unterschrift, sonst würde der Deal mit dem US-Verleih platzen.

Amerika, du hast es echt besser, dachte er, als er links von sich mächtig und glitzernd den Messeturm in die wolkenverhangene Nacht emporragen sah. Gekrönt von einer Pyramide aus Glas und Licht war er einer der Wolkenkratzer, der neben der Commerzbank und dem Maintower Frankfurt über Deutschland hinaus ein unverwechselbares Profil gegeben hatten. Mainhatten war ein zutreffender Begriff für die ausgesprochen beeindruckende Skyline.

Als sein Blick über den Tacho schweifte, erschrak er.

„Fahr langsamer, Erik. Das Letzte, was wir jetzt brauchen, ist eine dämliche Verkehrskontrolle."

Erik nickte. Doch erst kurz vor dem Platz der Republik drosselte er das Tempo.

66

Als Adrian Claras Mercedes auf dem Seitenstreifen vor der Großmarkthalle parkte, bemerkte er im Seitenspiegel eine langsam vorbeifahrende Polizeistreife. Sein Herz klopfte bis zum Hals. Doch Clara schien nichts bemerkt zu haben. Entspannt lächelte sie ihn aus dem tiefschwarzen Ledersitz des Wagens an. Wie gewohnt öffnete er ihr die Beifahrertür.

„Hier leben Sie?"

„Vorübergehend."

Nachdenklich blickte er dem Polizeifahrzeug nach, das sichtlich langsamer wurde und dann vor der „Frankfurter Küche" wendete.

„Kommen Sie, schnell!"

Adrian fasste Clara am Handgelenk und zog sie nach unten.

„Aua! Verrückt geworden? Was soll das?"

Adrian bedeutete ihr mit dem Zeigefinger auf den Lippen zu schweigen.

„Polizei!"

In Claras Augen flackerte für eine Sekunde Furcht. Doch dann hatte sie sich wieder unter Kontrolle.

Langsam passierte die Polizeistreife den Wagen Richtung Innenstadt und hielt in Höhe des Bildungszentrums an. Der direkte Weg über die Sonnemannstraße zur Wohnung von Enzo war damit abgeschnitten.

Adrian drehte sich um. Dunkel erhob sich die Großmarkthalle hinter ihm in den Nachthimmel. Wo war die verdammte Lücke im Zaun, die er in der vergangenen Nacht gesehen hatte? Am Walter-von-Cronberg-Platz stand sein Taxi. Er müsste mit Clara nur über die Deutschherrnbrücke die andere Mainseite erreichen.

Die Zeiger der hell erleuchteten Uhr an der Großmarkthalle zeigten halb zwölf. Vorsichtig schob er Clara durch das aufgerissene Maschengitter. Einige Baumaschinen standen von Scheinwerfern angestrahlt an der Rückertstraße, doch der Rest des Geländes lag in tiefer Dunkelheit.

„Wo wollen Sie hin?"

„Nach Sachsenhausen. Wir kürzen hier ab. Am anderen Ufer sind wir sicher."

Clara stolperte fluchend über den aufgeweichten Schutt der abgerissenen Annexbauten hinter ihm her. Plötzlich hörte er Hundegebell.

„Scheiße! Hier lang!"

Seit wann patrouillierten auf dem Gelände Wachhunde? Scheinwerfer flammten auf. Adrian fühlte sich wie auf einem Präsentierteller. Von ferne hörte er ein Martinshorn. Energisch zog er Clara hinter sich her Richtung Oskar-von-Miller-Straße. Dort gab es eine Behelfsausfahrt für Baustellenfahrzeuge. Hier hatte er erst vor einigen Tagen polnische und rumänische Bauarbeiter, die bis frühmorgens in Sachsenhausen gefeiert hatten, abgesetzt. Damals hatte er sich über die Kerle geärgert, denn für sechs Euro fünfzig hätten die volltrunkenen Zecher den kurzen Weg über die Flößerbrücke auch laufen können.

„Das war wirklich eine super Idee!"

Claras Stimme klang mehr als nur genervt. Warum tat er sich das mit dieser Zicke hier eigentlich an?

„Bitte schön! Ende der Expedition. Gehen wir doch zur Polizei!"

Clara blickte betreten zur Seite. Dann stolperte sie hinter ihm her durch Matsch und Geröll zum Ausgang. Atemlos erreichten sie die Schienen der Hafenbahn. Vor ihnen lag die unbeleuchtete Ruhrorter Werft mit zwei Kohleverladekränen aus einer längst vergangenen Zeit. Die Deutschherrnbrücke war dagegen taghell erleuchtet. Alles suboptimal, dachte Adrian.

„Ich kann nicht mehr."

Erschöpft sank Clara auf die Stufen der Treppe zum „Pflasterstrand". Von dem Café hatte man einen phänomenalen Blick über den Main und die Frankfurter Skyline, wenn man nicht gerade auf der Flucht war.

Clara war kalt. Sie fühlte sich schmutzig und erschöpft. Ein heftiger Sprühregen wehte ihnen ins Gesicht.

„Wie ich aussehe! Fürchterlich!“

Es war das erste Mal, dass er Clara jammern hörte.

„Ich rufe jetzt Alex an. Er soll mich abholen. Ich will nach Hause.“

Sie zückte ihr Handy.

Adrian schloss für Sekunden resigniert die Augen. Er hatte sich für diese Frau zum Affen gemacht. Natürlich wollte er sie beeindrucken. Aber die Abkürzung über das morastige Gelände der Großmarkthalle war ein Flop gewesen. Sie schaute ihn an, als ob er der größte Dilettant sei, der ihr jemals in ihrem Leben begegnet war.

Was hatte er sich bloß dabei gedacht, mit Clara mitten in der Nacht über die Mauerreste der Annexbauten zu klettern? Nachdenklich blickte Adrian über die Weseler Werft auf die Frankfurter Skyline, während Clara mit ihrem Mann telefonierte. Er stand auf und zündete sich eine Zigarette an. Gedankenverloren schlenderte er zur Kaimauer und kickte wütend Schottersteine in den Main. Von hier oben dauerte es einige Sekunden, bis sie mit einem lauten Platschen auf den nachtschwarzen Fluss klatschten.

Enttäuscht setzte er sich auf eine der ausgemusterten Loren, die mit den verrotteten Krananlagen hinter ihm über Jahrzehnte klaglos ihre Dienste verrichtet hatten. Nachdem die Hafenanlagen abgebaut worden waren, wurden sie jetzt als Sitzgelegenheiten im „Pflasterstrand“ genutzt. Wenn der Neubau der Europäischen Zentralbank 2011 in Betrieb ging, würde der Platz hier endgültig umgestaltet werden und die historische Anlage Geschichte sein.

Sollte Clara verdammt noch mal in ihrer bizarren Welt bleiben. Er würde jetzt über die Brücke da oben nach Hause gehen. Hier hatte er nichts mehr verloren.

Irgendwie erinnerte ihn das alles an den Sommer 2004. Als das Antagon-Theater mit seiner Sommerwerft hier unten gastierte.

Mit einer ausholenden Handbewegung zeigte Adrian auf die Eisenbahnbrücke hinter ihm.

„Können wir nicht …“

„… in Verbindung bleiben?“ Adrian schüttelte seltsam berührt den Kopf. „Es wäre eine Beziehung ohne Gleichgewicht. … Da hatten Sie da oben in der Commerzbank absolut recht. Wir sollten …“

Clara drehte sich um und lauschte. Über den verschlammten Weg näherte sich von der Deutschherrnbrücke langsam ein Fahrzeug. Immer wieder hoben und senkten die Schlaglöcher die Scheinwerfer des Wagens. Adrian zögerte.

„Ihr Taxi, Madame! Machen Sie es gut.“

67

Edith fluchte. Der Mercedes vor der Großmarkthalle war leer.

„Haben Sie gesehen, wo die beiden hingelaufen sind?“

Der Beamte zuckte die Achseln und deutete mit der Hand auf die Großmarkthalle.

„Irgendwo dort. Der Werkschutz hat gesagt, vor cirka zehn Minuten hätten die Wachhunde angeschlagen. Obdachlose, Diebe … Seit dem Baustopp liegt hier einiges brach, was Interessenten findet.“

„Was macht Adrian Baumann mit Clara Sander um die Zeit in der Großmarkthalle?“

Stefan Webers Stimme klang nachdenklich.

„Sie wollten sicher in Enzo Calderolas Wohnung. Der wohnt laut Silke hier vorne an der Windeckstraße. Doch anscheinend war den beiden der Weg durch die Polizeistreife versperrt. Ruf im Präsidium an, Stefan. Wir brauchen dringend Verstärkung. Und lass die Weseler Werft abriegeln, wir müssen sie finden."

Stefan nickte.

„Baumann muss übrigens noch ganz hier in der Nähe sein. Ich hab eben die SMS bekommen, dass Enzo Calderolas Handy seit ungefähr zehn Minuten im Funkmast auf der Großmarkthalle eingeloggt ist."

„Gute Arbeit", lobte ihn die Kommissarin. Dann blickte sie sich prüfend um. Was wollte Adrian Baumann mitten in der Nacht auf dem Gelände?

„Stefan, steig ein. Ich ahne, wo er ist."

Der Kommissar sah Edith Tannhäuser fragend an.

„Er braucht ein Fahrzeug. Und das hier ist der kürzeste Weg nach Sachsenhausen."

Mit einer Handbewegung zeigte Edith Richtung Main.

„Meinst du nicht, dass das Wasser im November etwas zu kalt zum Schwimmen ist?"

Skeptisch blickte der Kommissar die Chefin an.

„Blödmann!" Edith war ungehalten. „Er wird versuchen, über die Deutschherrnbrücke auf die andere Mainseite zu kommen. Erinner' dich, am Walter-von-Cronberg-Platz steht sein Taxi. By the way, lassen wir das observieren?"

Stefan Weber schüttelte den Kopf.

„Dann schick mal die Kollegen hin. Und wir fahren jetzt über die Holzmannstraße zur Weseler Werft."

Der Kommissar schüttelte anerkennend seinen Kopf. Edith kannte sich nicht nur in Frankfurt hervorragend aus. Sie konnte sich auch perfekt in Täter hineinversetzen. Ihre langjährige

Menschenkenntnis wog in komplizierten Fällen deutlich schwerer als sein gesamtes technisches Know-how.

68

„Ich knall ihn ab!"

„Erik, du machst jetzt gar nichts. Du wartest hier im Wagen, wenn ich Clara abhole. Und ICH kümmere mich um den Taxifahrer. Ist das klar?! Nicht noch mal der gleiche Fehler wie bei Karl Blum!"

Alexander Paul war wütend. Aber er musste jetzt rational handeln. Erik wurde zunehmend zu einer schwer einschätzbaren Altlast. Für ihn würde in der umstrukturierten Firma kein Platz mehr sein. Dieser latent gewaltbereite Mann war mittlerweile so gefährlich wie eine tickende Zeitbombe.

Wichtiger war jetzt, sich auf das zu konzentrieren, was vor ihm lag, seit sie an der Holzmannstraße zur Weseler Werft abgebogen waren. Die Schotterstraße zum Main war von Schlaglöchern übersät. Absolutes Gift für den tiefergelegten BMW.

Claras Anruf hatte zumindest einen Teil der Probleme fürs Erste gelöst. Jetzt wartete sie vor den abgewrackten Kränen auf ihn. Warum sie jetzt mitten in der Nacht das Café am Main ausgewählt hatte, erschloss sich ihm nicht wirklich. Aber wozu auch? Er brauchte ihre Unterschrift, sonst nichts. Und dann würde er nach Hause fahren, einen guten schottischen Whisky trinken und keine überflüssigen Worte wegen der vergangenen

Stunden verlieren. Wenn alles optimal verliefe, bekäme er morgen früh um sechs die erste Maschine nach München und könnte seinen amerikanischen Geschäftspartnern bereits beim Frühstück den unterschriftsreifen Vertrag präsentieren.

Einfach tief durchatmen und Ruhe bewahren, dachte er. Auf Clara eingehen. Ihr alles versprechen. Und Erik in Schach halten. Das war zu bewältigen. Sicherlich konnte man auch mit diesem komischen Taxifahrer reden. Solche Typen waren doch chronisch klamm. Mit Geld hatte er bislang jedes Problem aus der Welt geschafft. Oder mit Frauen. Er war ein wahrer Meister, wenn es darum ging, Wünsche und Sehnsüchte zu befriedigen. Das hatte bislang seinen unternehmerischen Erfolg ausgemacht. Und sein wirtschaftliches Überleben.

Zufrieden lehnte er sich im Beifahrersitz des BMW zurück. Alles lief jetzt wieder nach Plan.

69

Als er den Hünen aus dem BMW aussteigen sah, beschlich Adrian mehr als nur ein ungutes Gefühl. Nervös zündete er sich eine Zigarette an und beobachtete, wie Clara kerzengerade auf Alexander Paul zuging. Er kickte einen Schotterstein über die Kaimauer und sah auf den Fluss.

Als er hochschaute, hörte er das metallische Klicken einer Pistole.

„Jetzt bist du fällig“, schrie Erik Adrian an, der abwehrend die Hände hob.

„Clara … ich …“, stotterte Adrian hilflos.

„Kannst du nicht einmal deinen Pitbull unter Kontrolle halten? Er hat doch schon Karl Blum auf dem Gewissen, oder?“ Zornbebend stand Clara zwischen Adrian und Alex.

„Clara, Karl Blum war ein … Missverständnis.“

Mit einschmeichelnder Stimme versuchte Alexander Paul die Situation unter Kontrolle zu bekommen. Doch er spürte, dass sowohl Clara als auch Erik diesmal nicht mitspielen würden.

„Nimm die Knarre runter, du machst mich nervös!“

Ungehalten fauchte er den Lederhünen an. Doch Erik zielte ungerührt auf Adrian.

„Dieser kleine Wichser hat's versaut. Ich hätte ihn vorhin schon umnieten sollen!“

Adrian blickte Erik unverwandt an.

„Nimm das Ding runter!“

Claras Stimme duldete keinen Widerspruch. Zögernd ließ Erik die Pistole sinken. Plötzlich hob er die Waffe und schoss zornig in den Himmel.

„Du Idiot!“

Alexander Paul war stinksauer. Wollte dieser Verrückte hier mitten in der Nacht die Polizei herbeiballern?

„Patricia war pflegeleichter als Erik, nicht wahr?“

Provozierend klang Claras Stimme durch die Stille der Nacht.

„Wie meinst du das?“

Alexander Pauls Stimme klang verunsichert. Eisig sah Clara ihn an.

„Sie war für ein Paar Schuhe mit dir im Bett!“

Claras Ehemann zuckte zusammen. Woher wusste sie das von ihm und Patricia? Irgendetwas lief gerade verdammt schief.

Erik starrte Alex ungläubig an.

„Clara, das ist nur das Gerede der Videogirls“, stotterte er. „Du weißt doch, die Weiber wollen sich wichtig machen …“

„Halt die Klappe! Ich hab' die Fotos der Kommissarin gesehen. Von dir und Patricia. Ihr seid wirklich ein hübsches Paar."

Claras Stimme klang zutiefst verletzt.

„Alex! Sag, dass das nicht wahr ist … Sag, dass Clara lügt!"

Verwirrt fuchtelte Erik mit der Schusswaffe herum. Dann zielte er auf Clara.

„Clara sagt die Wahrheit!"

Adrian war erstaunt, wie gefasst er auf einmal war. Mit ausgestrecktem Finger zeigte er auf Alexander Paul.

„Er ist der Lügner!"

Erik war verunsichert. Flackernd wanderte sein Blick zwischen Alexander Paul und Clara hin und her.

„Alex, sag jetzt, dass das nicht wahr ist! Sag es! Sag, dass du und Patricia nicht zusammen wart. Sag, dass das eine Lüge ist!!!"

Die Stimme des Zwei-Meter-Manns brach hysterisch ab. Doch Alexander Paul schwieg. Dann ging er einen Schritt auf Clara zu, der ein Windstoß eine Haarsträhne ins Gesicht wehte. Hart knatterten die Planen, die einen der Kräne verhüllten, im Wind.

„Lass uns nach Hause fahren. Ich kann dir alles erklären …"

„Du musst nichts mehr erklären, Alex. Es ist vorbei. Ich werde auch deinen Vertrag nicht unterschreiben. Die Darling-Produktion gehört mir. Und ich gehe jetzt zur Polizei."

Clara hatte sich entschieden. Und Alex spürte am Klang ihrer Stimme, dass kein Mensch der Welt sie von diesem Entschluss würde abbringen können.

„Zur Polizei? Hier geht niemand zur Polizei!"

Erik lachte sarkastisch auf. Erneut zielte er auf Clara. Dann auf Adrian.

„Erik, wenn du uns jetzt erschießt, macht das Patricia nicht wieder lebendig."

Claras Stimme klang voller Mitgefühl. Der Lederhüne stöhnte wie ein waidwundes Tier. Dann brach es hemmungslos aus ihm heraus.

„Sie war so schön. Sie hat mir gehört … Und jetzt ist sie tot. Und ihr seid schuld!"

Seine Stimme überschlug sich vor abgrundtiefem Hass.

„Erik, Patricia hat nur mit dir gespielt. In Wahrheit hatte sie schon längst ein Verhältnis mit Alex … Gib auf, das war der Tod von Karl nicht wert."

Hart und unversöhnlich blickte Clara zu Alex, der schweigend an der Kaimauer stand. Er fühlte sich zunehmend unbehaglich, irgendetwas lief gerade fürchterlich aus dem Ruder. Vor der Silhouette der abgewrackten Kräne wirkte er auf einmal klein und vergänglich.

„Alex! Clara lügt! Sag, dass sie lügt!" Tiefe Verzweiflung ergriff Erik. Doch Alex' Gesichtsausdruck blieb versteinert. Der Hüne hob erneut die Pistole und zielte auf Clara. „Du verlogenes Miststück, du wirst nie wieder Geschichten erzählen!"

„Waffe runter! Hier ist die Polizei!"

Dann knallten Schüsse durch die Dunkelheit.

70

Adrian spürte einen harten Schlag, der ihn zu Boden riss. Dass sein rechtes Schulterblatt, das die Kugel durchschlagen hatte, heftig blutete, registrierte er dennoch nicht. Alles war so schnell gegangen.

Als die Polizei das Gelände gestürmt und Erik wild um sich geschossen hatte, wollte er instinktiv Clara beschützen. Doch irgendjemand hatte ihn von hinten auf die Erde geworfen.

Nach der Schießerei war es jetzt totenstill auf der Werft. Erik lag nur wenige Meter vor ihm reglos auf den Schottersteinen. Adrian richtete sich mühsam auf. Doch dann sah er etwas, das ihn mitten in der Bewegung verharren ließ.

Nur wenig entfernt stand Alex. Er hielt Clara die Pistole unters Kinn.

„Verschwinden Sie! Alle! Sonst wird sie sterben."

„Herr Paul, geben Sie auf!"

Edith Tannhäusers Stimme klang energisch und klar über die vom fahlen Mondlicht spärlich beleuchtete Bucht. Schwarze Schatten pirschten sich lautlos zwischen den Loren und Containern des Cafés heran.

„Herr Paul. Sie haben keine Chance! Wo wollen Sie hin? Ihre Situation ist aussichtslos! Geben Sie auf!"

„Niemals!"

Alexander Paul lachte zynisch auf.

„Was wollen Sie tun?" Edith holte tief Luft. „Wir wissen, dass die Darling-Produktion insolvent ist. Lassen Sie die Waffe sinken, geben Sie auf."

Clara zuckte zusammen. Deshalb hatte Alex also die Firma verkaufen wollen. Sie fühlte eine grenzenlose Enttäuschung.

„Nein, nein. Nein! Es ist nicht vorbei! Es fängt gerade erst an. Und Sie vermasseln mir nicht das Geschäft. … Keinen Schritt näher. Sonst werde ich Clara töten."

Hysterisch fuchtelte Alexander Paul mit der Waffe vor Claras Kopf herum. Adrian atmete tief durch. Die Schulter schmerzte höllisch. Clara stand dagegen völlig reglos an der Kante der Kaimauer. Zehn Zentimeter hinter ihr gurgelte das eiskalte Wasser des Mains. Für Sekunden schloss sie ihre wunderschönen

Augen. Ihre wahnsinnig langen Wimpern fielen wie Seide über ihre Wangen. Als sie ihre Augen öffnete, sah Adrian, dass sie lautlos weinte. Plötzlich ahnte er, was sie plante.

„Tu's nicht!"

Er wollte den Arm ausstrecken, um sie zurückzuhalten. Doch der Schmerz ließ ihn mit einem Aufschrei zusammensinken. In diesem Moment stemmte sie sich nach hinten und riss ihren Mann mit sich in die Tiefe. Der Knall, als beide auf das eiskalte Wasser aufprallten, hallte für Sekunden in seinen Ohren. Dann wurde es dunkel um Adrian.

71

Als Adrian im Krankenhaus erwachte und vorsichtig die schmerzende, hart bandagierte Schulter zu bewegen versuchte, sah er Edith Tannhäuser schweigend am Fenster sitzen.

„Wie geht es Ihnen?"

„Wie geht es Clara?"

„Sie hat es überlebt."

Die Kommissarin sah aus dem Fenster in den bereits weihnachtlich beleuchteten Innenhof des Sachsenhäuser Krankenhauses.

„Was heißt das?"

„Sie hatte viel Glück. Die Feuerwehr hat sie gerade noch rechtzeitig aus dem Main gefischt. Acht Grad Celsius ist keine optimale Temperatur zum Baden. Wenn ihr Beckenbruch ausgeheilt ist, wird sie allerdings bis zum Prozess in U-Haft bleiben."

„Und Alexander Paul?"

Edith sah wortlos aus dem Fenster. Dann schüttelte sie den Kopf.

Adrian schwieg eine Weile. Dann sagte er:

„Ich werde mir nie verzeihen, dass ich Schuld an Karls Tod habe."

„Clara Sander hat bereits ausgesagt und Sie in allen Punkten entlastet." Die Kommissarin blickte ihn durchdringend an. „Was haben Sie sich eigentlich dabei gedacht?"

Adrian drehte den Kopf zur Wand und biss sich auf die Unterlippe.

„Glauben Sie mir, ich wollte zur Polizei …"

„Ist aber nicht wirklich bei uns angekommen", unterbrach Edith Tannhäuser ihn barsch. Dann stand sie auf. „Machen Sie es gut."

72

Annika hüpfte wie ein Gummiball vor ihm auf und ab und klatschte begeistert in die Hände. Sie konnte sich wirklich wie ein kleines Kind freuen. Glücklich strahlten ihre Augen.

„Du glaubst gar nicht, wie schrecklich das war, in der Zeitung zu lesen, dass man das Mordopfer eines durchgeknallten Taximörders ist! Grauenhaft! Meine Eltern waren so verzweifelt. Ich lasse nie, nie, nie mehr mein Handy irgendwo liegen."

Adrian schüttelte genervt den Kopf. Er hatte immer noch die Nase voll von verlorenen und geliehenen Mobilfunkgeräten.

„Ich freu mich riesig, dass dein Vater wieder einen Job gefunden hat. Das muss gefeiert werden.“

Annika war nicht zu bremsen. Doch der Überschwang ihrer Gefühle steckte ihn immer noch nicht an. Schweigend trottete er über den Walter-von-Cronberg-Platz hinter ihr her zum Main.

Es war ein kalter Tag Anfang Januar. Fahl und kraftlos schob sich die Sonne am grauen Winterhimmel in den Zenit.

Er hatte Annika viel erklären müssen. Doch sie hatte ihm alles verziehen. Er war die Liebe ihres Lebens, der Mann, der sie glücklich machte. Und irgendwie war sie mächtig stolz auf ihn. Dass ausgerechnet ihr Freund „der“ Taxifahrer war … Ihre Freundinnen beneideten sie um die Geschichte, die sie immer und immer wieder bis ins kleinste Detail erzählen musste. Auf einmal hatte sie es gar nicht mehr eilig damit, dass er sich auf einen „normalen“ Null-Acht-Fünfzehn-Job bewerben sollte.

„Schatz, mir ist kalt. Ich geh schnell noch mal hoch und hole meinen Schal. Wartest du hier?“

Adrian nickte und setzte sich auf eine leere Bank am Main. Langsam und träge floss das trübe Wasser an ihm vorbei. Am Ufer gegenüber erhob sich dunkel und abweisend die Großmarkthalle vor dem Frankfurter Ostend. Die Nacht auf der Weseler Werft mit Clara schien Lichtjahre her. Noch im Krankenhaus hatte er ihr einen langen Brief geschrieben. Aber sie hatte nicht geantwortet.

Vorsichtig griff er in die Tasche seiner Lederjacke und zog die unvermeidliche Schachtel Marlboro heraus. Dann fühlte er sie. Kühl und filigran. Die Kette mit dem Engelsflügel. Warum hatte er sie damals, als er mit Clara die Wohnung in Griesheim verließ, eingesteckt? Sehnsüchtig schaute er übers Wasser. Dann holte er weit aus, um das Amulett in den Fluss zu werfen.

In diesem Moment bellte neben ihm ein Hund.

„Wohl verrückt geworden, uns so zu erschrecken!“, beschimpfte ihn eine junge Frau. Adrian blickte in die klaren graublauen Augen eines jungen Huskys. Verspielt neigte der Hund den Kopf und beobachtete ihn aufmerksam.

„Komm jetzt.“

Energisch riss die Hundehalterin an der schweren Metallkette, die sich klirrend zwischen ihren Händen und dem Halsband des Hundes spannte. Für Sekunden schloss Adrian die Augen und fühlte eine tiefe Sehnsucht nach Clara. Dann drehte er sich um und warf das Engelamulett mit viel Schwung weit hinaus in den Main.